スサノオ

倭の国から日本へ 2

阿上万寿子
Masuko Agami

文芸社

目次

素戔嗚尊《すさのおのみこと》　所業無状《しわざあづきなし》

『日本書紀』

一　スサノオ

月は、人々が眠りにつく頃、姿を現した。夜更け過ぎには、見上げる者がいない星空の頂上で、やや欠けた姿を輝かせていた。

古い屋敷の中から、子供が泣く声が聞こえる。辛く悲しい響きが空気を震わせている。木の葉たちも震えている。さわさわ、さわさわと、囁《ささや》いている。

紀元前六二年、朝鮮半島南端、高天原《たかまがはら》。

イザナギは、生家の匂いに包まれ、深い眠りの底にいた。葦原中国《あしはらのなかつくに》から二十年ぶりに帰ってきたのは、昨日のことだ。

子供の頃に使っていた、懐かしい部屋。一人横になっていると、自分が何者なのか、何歳なのかも、わからなくなる。

そう、何もかも、夢だったような気がする。自分は、まだ子供で、隣の部屋ではイザナミが眠っている。

花のように可憐なイザナミ。可愛い妹、愛しいイザナミよ。泣いているのは、お前なのか。

悲しい泣き声は、次第に太く大きくなり、慟哭へと変わっていく。震えていた空気は、うねる波となり屋敷中を満たし、土塀の外へと溢れ始めた。

嘆きの波が届いた家では、子供が泣き出し、飼い犬が遠吠えを始める。その遠吠えの切ない響きに、遠くの犬達が遠吠えで応える。慟哭はやまず、犬達の遠吠えとともに、町中に広がっていく。

木々は、枝をも震わせる。竹は、身体をしならせる。ざわっざわっと、葉を鳴らす。カラス達が、鳴きながら夜空を舞い始める。

町中の人々が、怯えて目を覚ました。

イザナギは、はっと目を覚ました。この泣き声は、夢ではない。

彼は起き上がり、上着を掴むと、廊下へ続く扉を開き、外の様子をうかがう。

扉が開く音、家人達の声。

「何事だ！」

「灯りをともせ！」

人々がたまらず、起き出している。

「何が起こっているのだ！」

「離れの方だ！」

ばたばたと床板を踏み鳴らし、灯りを手にした男達が離れに向かう。

胸元をかきあわせながら、イザナギも、離れに向かった。そこには、昨日着いたばかりの我が子三人、アマテル、ツクヨミ、スサノオが眠っていたはずだ。

離れの前、月明かりに照らされた外廊下には、すでに家人が集まっている。その視線の先には、白い夜着を身に着けた、この世のものとは思えぬほど美しい少女が、震える弟を従え、たたずんでいた。その表情は、硬くこわばっている。

「アマテル！　どうした！　ツクヨミ、大丈夫か！」

見知らぬ人々をかきわけ、姿を現した父親に気づき、少女は、少し泣きそうな顔になる。ツクヨミは、すでに泣き顔だ。父の顔を見つめながら、アマテルは、黙って部屋の扉を指差した。

閉ざされた扉の中からは、獣のような慟哭が、響いてくる。イザナギは近づき、扉に手をかけ、そのまま大きく開いた。人々の目の前に、白く悲しい気が溢れ出し、庭へと広がり、そのまま闇に消えていった。

部屋に射し込んだ月光の中に、身体を丸めた、美しい少年の姿が見える。少年は、眠ったまま、泣いていた。

「スサノオ！」

イザナギは、駆け寄り、我が子を抱き上げた。

「起きなさい！　スサノオ！」

扉の外では、怯えた顔の人々が、中の様子をうかがっている。

「スサノオ！　しっかりしなさい！　目を覚ますのだ！」

イザナギが激しく揺さぶると、少年の慟哭は、ようやく止まった。

スサノオが意識を取り戻すと、屋敷中を覆っていた妖しい気配が薄れ、消えていくのがわかった。犬達は遠吠えをやめ、カラスの姿は消えた。

いつの間にか、すべてが、穏やかに鎮まっていた。

「父上」

目を覚ましたスサノオは、泣きはらした顔で、きょとんとしている。

集まった人々に気づくと、スサノオは、父親に抱かれたまま、辺りをきょろきょろと見回した。

「母上は？　母上は、どこですか？」

イザナギの顔は、一瞬、強張った。

イザナミの面影を残す、美しい息子。毎日イザナミに抱かれて眠っていた、スサノオ。その桜色の肌、艶のある柔らかな黒髪、涙で潤んだ瞳、濡れた赤い唇。

イザナギは、厳しい声で言った。

「スサノオ、しっかりしなさい！　母上は、いない。母上は、死んだのだ！」


人騒がせな夜が明けた。怪しい気配に満ちていた離れにも、清らかな朝の光が射し込んでいる。

イザナギは、壁にもたれて座り、三人の子供達の寝顔を見つめていた。八歳のアマテル、七歳のツクヨミ、六歳のスサノオである。

見知らぬ土地で、さぞかし不安だったに違いない。本当に可哀想なことをした。同じ部屋で寝てやればよかった。

そのようなことを考えていると、遠慮がちに扉を叩く音がした。静かに立ち上がり、扉を開くと、家人がいて、小声で告げた。

「朝早く申し訳ありません。母上様がお呼びです」

イザナギは、子供達を離れに残し、母の部屋へと向かう。すれ違う家人達は皆、眠そうな顔で、戻ったばかりの若主人に、頭を下げていく。イザナギの母親は、前の天君の第二夫人、イサ夫人だ。

彼女は、息子を待ち構えていた。

「イザナギ、昨夜の騒ぎは、どういうことなのだ?」

母の問責は、イザナギも覚悟していた。

「スサノオが、夜泣きしたのです」

「夜泣きだと?　あの泣き声は、異様だった。悪霊の仕業だと、皆が言っている」

イサ夫人は、詰め寄った。

「イザナギ、お前、葦原中国でも、悪霊の祟《たた》りと噂されたそうではないか」

イザナギは、口ごもる。

「たしかに、イザナミが死んだとき、鉄の神の祟りだと、噂されました。鉄器工場の建設に、反対したからだと」

「その噂は、私も聞いた。お前が、それほどやつれているのは、そのためなのか?」

「母上」

イザナギは、母親の顔を見つめた。

どう思われても、仕方がない。いつかは知られることだ。

「死んだのは、イザナミだけではありません。私は、生まれた赤子を、殺しました」

イサ夫人は、即答した。

「呪われた子を、成敗したのだ。当然のことだ」

不意に涙が溢れ出し、イザナギは慌てた。

カグツチを刺したことを、後悔したことなど、なかったのに。

「そんなことで苦しんでいたのか。可哀想に。お前は、悪くない」

イサ夫人の両腕が、大きく開く。そして、三十五歳の息子は、抱き寄せられた。

二十年ぶりの抱擁。懐かしい甘い香りがする。

「一人で抱え込むのは、およし。なんでも母に話してみよ」

優しい言葉に、甘えてしまった。一人で抱え込むには、重すぎた。

イザナギは、打ち明けてしまった。一生、誰にも語らず、自分一人の胸に納めておくつもりであった、秘密を。

「イザナミは、腐敗した姿で、私の夢に現れました。スサノオも、死んだ母親を見ています。私は、幼い子供達を悪霊から遠ざけるため、葦原中国を離れ、高天原へ帰ってきたのです」

一瞬、間があった。

「そうか」

冷めた口調だった。

身体を離したイサ夫人は、戸惑う息子の顔を覗き込む。

「それでは、すべて、イザナミのせいなのだな。イザナミは、この家で育ててもらった恩を忘れ、お前に、そのようなひどい仕打ちを、したのだな」

イザナギは、慌てて否定する。

「いいえ、母上、これは、私の夢の話です。本当の筈がありません」

「いや、昨夜の泣き声、お前のそのやつれよう、ただごとではないと思っていた。ようやく腑に落ちた。イザナミは、葦原中国の悪霊に取り憑《つ》かれ、化け物になったに違いない」

身体の向きを変え、歩き始めた母親に、イザナギは、追いすがった。

「母上、この話は、誰にも言っていません。どうか、内密にしてください。特に子供達には、決して話さないでください」

イサ夫人は、聞いていない。

「悪霊払いを、受けた方がよいな。イザナミめ、なんてひどいことを！」

そして、部屋の中を歩きながら、独り言を言った。

「イザナミの仕業だと、山神母様《さんしんも》に、ご報告しよう。天君様にも、お力添えを願わなければ」

山神母は、天君ヨロズの実母であり、先代天君の正妃。そして、多くの正妃を輩出する名家山神族の長である。

天君ヨロズや太子の正妃もまた、山神族の出身であった。

数日後、イサ夫人とイザナギ、三人の子供達は、天君に呼ばれ、宮殿に参上した。

居並ぶ重臣達は、初めて見るアマテルの姿に、皆、息をのんだ。豪華な衣装を着せられ、結った髪を飾られた彼女は、まだ八歳であるのに、眩《まばゆ》いほどの輝きを放っている。

玉座の前に五人が並ぶと、天君は、最初にアマテルに声をかけた。

「そなたの母イザナミも、愛らしく、花のようであったが、そなたは、まるで女神ではないか」

アマテルは、優雅に身を低くする。

天君は頷き、ツクヨミに視線を移す。

「ツクヨミ、お前は、学問を好むそうだな。私にも、学問好きの息子がいるのだ」

そして、傍に控える少年を呼んだ。

「オモイカネ（思兼）」

落ち着いた物腰で歩み出た少年は、端正な顔立ちをしている。

「お前達は、同い年だ。ともに競い、国のため、しっかり学ぶがよい」

オモイカネが静かに一礼して下がると、天君は、ようやく、スサノオに言葉をかけた。

「お前が、スサノオか。母を失い、さぞかし寂しいであろう」

スサノオは、うつむいた。「母」という言葉を聞くだけで、涙が溢れた。

天君は、優しく言った。

「お前は、まだ幼い。母親を慕って泣くのも、無理はない。私が、良い女性を、世話しよう」

天君が軽く右手を上げると、一人の女性が進み出た。

「オクだ。祭祀の道具を作っている」

紹介されたのは、地味な印象の、大柄な女性だった。

「良い話ではないか。お前、すぐに結婚しなさい」

乗り気な母に、イザナギは言った。

「母上、この話は、お断りさせてください」

「何を言う！　天君様の御紹介ではないか」

「私は、もう妻は持ちません。私は、スサノオの傍で眠ります。二度と、ご迷惑は、かけません」

イサ夫人が、遮《さえぎ》った。

「イザナギ、何故、祭祀の家の女性が選ばれたと思う？」

何故、と考えて、イザナギは顔色を変えた。

「母上、まさか！　山神母様に、私の夢の話をしたのですか」

「天君様も、ご一緒だった」

「母上！」

「イザナギ、お前は、子供達が可愛くないのか。このまま、悪霊に怯《おび》えて暮らすのか。イザナミのことは、もう忘れよ。天君様と山神母様のご配慮を受け、悪霊から身を守り、この高天原で生きていくのだ」

母の言葉は、間違ってはいない。子供達を守るには、そうするしかないのか。

抵抗する気力は、急速に萎えてしまった。

イザナギは、母親に懇願した。

「母上、結婚の話は受け入れます。ですが、お願いです。子供達には、決して、私の夢の話をしないでください」

そして、イザナギとオクとの再婚話は、進められた。


ツクヨミは、不思議そうに尋ねた。

「父上、本当に、あの方と結婚するのですか？　母上とは、全然似てないのに」

「そうだ」

アマテルは、何も言わない。賢い彼女は、大人たちの間で何が起きているのか、薄々感じ取っていた。

スサノオが、叫んだ。

「新しい母上なんか、いらない！」

「もう、決まったことだ」

「母上が、可哀そうだ！」

イザナギは、スサノオをなだめる。

「お前達の母親は、もう、死んだのだ」

「母上は、葦原中国にいらっしゃる！」

「スサノオ！」

「皆が帰るのを、待っておられる！」

「馬鹿なことを言うな！」

激しくなった父の口調に、スサノオの顔が歪んだ。そして、その両目から、ぼろぼろと涙が溢れ始めた。

「スサノオ、泣くのは、おやめ！」

姉の制止も、効かない。スサノオの泣き声は、次第に大きくなっていく。

「バカ！　そうやってお前が泣くから、お父様が再婚するのだ！」

姉の叱責に、スサノオの泣き声は、悲鳴に変わった。

泣き叫ぶスサノオの声は、遠く屋敷の外へも響き渡る。その声は、殺されかけた獣の悲鳴に似ている。

人々は、噂した。

「ほらほら、また、化け物の子が、泣いている」

それから間もなく、イザナギの屋敷に、新しい妻オクが嫁いできた。

彼女は、真面目で落ち着いた、大人の女性だった。その髪型にも服装にも物腰にも、乱れたところは、一切見受けられない。

最初の日、オクは、イザナギの案内で、屋敷中を見て回った。彼女は、所々で足を止め、神言を唱え、護符を貼る。

やがて、彼女は、一つの部屋の前で立ち止まった。

「ここは、イザナミ様が、昔、使っていた部屋ですね」

「そうだ」

やはり、彼女には、わかるのか。

オクは、長い神言を唱えながら、部屋の出入り口を封印していく。

その様子を、イザナギは、ぼんやりと眺めていた。現実の出来事とは、思えないまま。

その日から、家中の空気が落ち着いた。家が落ち着くと、家人達も落ち着き、平穏な日常が戻ってきた。

スサノオが夜泣きすることも、なくなった。イザナミは、スサノオの夢にさえ、二度と現れなかった。

イザナギは、息子と離れ、新しい妻と眠るようになった。やがて、二人の間に男子が生まれ、アカルタマ（明玉）と名付けられた。

高天原の東を流れる、洛東江。その川岸に、一人の少年が、ぽつんと座っている。スサノオだ。

洛東江は海へと流れ、その先には、長兄ワタツミがいる対馬がある。それから壱岐を経た先は、次兄ヤマツミがいる葦原中国だ。水の流れは、いつも、母の国へと繋がっている。

その時、スサノオの背中に、小石が当たった。振り向くと、近くの茂みから、わっと、子供達の笑い声が上がる。

スサノオが立ち上がると、五、六人の子供達が、茂みの中から飛び出してきた。皆、良家の服装だ。

「化け物の子！」

「何だと！」

「イサ夫人が、言っていたぞ。お前の母親は、化け物だ！」

「嘘つけ！」

スサノオが動揺する姿を見て、子供達は大喜びだ。小躍りしながら、ますます囃し立てる。

「化け物の子！」

「野蛮人！」

スサノオの顔が、真っ赤に染まった。

「悪霊の子！」

「化け物！」

仁王立ちになったスサノオの喉元から、犬のような唸り声が絞り出される。すると、その響きに呼応するように、ピリピリと、空気が震え始めた。

「なんだ？」

子供達が、笑うのをやめ、辺りを見回し、怯えた声を出す。

土手の草たちが、一斉にざわざわと揺れ始めた。スサノオの髪が逆立ち、彼を中心に、空気が、渦を巻き始める。

「怖いよ……」

「やっぱり、こいつも、化け物だ！」

子供達は、ばらばらと逃げ散っていった。


スサノオは、屋敷へ駆け戻り、祖母の部屋まで走った。

祖母の部屋には、オクがいた。その胸には、安らかに眠る異母弟アカルタマが、抱かれている。

その真っ白な、あまりに清らかな産着。自分の母は、化け物と言われているのに。

スサノオの胸に、抑えがたい衝動が込み上げた。祖母に駆け寄ると、赤子を抱いたオクが、義母を守るように間に入る。

スサノオは、叫んだ。

「お祖母様《ばあ》の嘘つき！　お母様は、化け物なんかじゃない！」

祖母は、言った。

「嘘ではない」

「化け物じゃない！」

「化け物だ。そう言ったのは、お前の父親だ」

スサノオは、よろよろと後ずさった。

「嘘だ……」

「本当だ。父親に聞いてみろ」

「嘘だ！」

イサ夫人は、オクの前に進み出た。

「イザナミは、お前の前にも、現れたのであろう。死んでも姿を現すのは、悪霊ではないのか」

　スサノオの目に、涙が溢れる。

「また、そうやって泣くがいい。お前のその異様な泣き声が、悪霊に取り憑かれている、何よりの証拠ではないか」

　スサノオは、しゃくりあげた。

「お母様は、もう現れない。お母様は、悪霊じゃない」

　イサ夫人は、冷ややかに言った。

「現れないのは、当然だ。このオクが、祓《はら》ってくれたのだ。イザナギは、お前を母親から守るために、急いで結婚したのだ」

　スサノオは、喘いだ。

　泣くまいと我慢しても、息が苦しくなる。

「泣けるものなら、泣いてみよ。悪魔のような声をあげ、父親の苦労を台無しにし、我等一族を貶《おとし》めるがいい。イザナミの呪いだと、世間に知らしめるがいい」

　スサノオは、慌てて両手で口元を覆った。抑えようとしても、指の隙間から、次々に嗚咽が漏れ出てくる。
踵《きびす》を返し、部屋を飛び出し、屋敷を出て、そのまま、洛東江の川岸へと走った。誰にも知られず、泣きたかった。誰にも聞こえない、地の果てまで辿り着き、泣きたかった。ただ思い切り、母を思い、母のために、泣きたかった。

母上が、可哀そうだ！
早く大人になりたい。
早く自由になりたい。

スサノオの慟哭は、いつまでも続いた。

二　新羅《しらぎ》建国

紀元前五七年四月。

朝鮮半島南東部、洛東江から東側の地域に、新しい国が生まれた。新羅だ。建国時の国号は、「徐那伐《ソナブル》」。「ソの国」である。

かつて、古朝鮮の南側、朝鮮半島南端部には、「辰国《しんこく》」と呼ばれる地域があった。「辰国」には、倭人達が築いた小さな国々があった。高天原は、倭人を率いる天神族の国として、「辰国」の正統な宗主国を、自任してきたのだ。

一方、同じ「辰国」の中、洛東江から東の地域では、古朝鮮から南下してきた人々が、倭人達と共存し、六つの小さな国を作った。彼等も、「辰国」の後継者を自任し、「辰韓六部」と名乗った。

その「辰韓六部」を一つの国に統合し、初代新羅王となったのは、わずか十三歳の少年、赫居世《ヒョコセ》だ。

赫居世は、大きな卵から生まれたという。そのような話が信じられるほど、彼は、幼い頃から、特別な存在だった。神に選ばれた子供「神童」だったのだ。

「辰国」内における、新羅建国。しかも、「神童」による建国。それは、高天原の神威の低下を、改めて内外に曝《さら》すものであった。

高天原には動揺が広がり、そこかしこで囁きが交わされた。

「彼等を団結させるとは、まさに、神童の力だな」

「天神族と言っても、我等の天君も太子も、凡庸すぎるのだ。普通の人間と、大差ない。神の子には、勝てない」

そして、高天原の二人の子供の名前が、挙げられる。

「いや、神童なら、高天原にも、いるではないか」

「アマテル姫か」

「あの美しさ、あの気高さ、尋常ではない。まさに、神童だ」

「それなら、オモイカネも、神童だぞ。あの凜々しさ、子供とは思えぬ思慮の深さは、神の子としか思えない」

「二人とも、神の子だ」

「我等には、神童が、二人もいる」

「そうだ。あの二人が揃えば、最強だ。新羅なんかに、負けやせぬ」

けれども必ず、そこで、皆が周囲を見渡す。

「しっ」

と、唇に指をあてる。

「山神母様の耳に入っては、大変だ」


神童と噂される二人は、夕陽に照らされた道を、ゆっくりと並んで歩いていた。

オモイカネは、太子の同母弟である。彼等の母親は、山神族出身の正妃。彼女は、前年、千々姫を出産して、亡くなっている。

幼い頃から思慮深く、大人びていたオモイカネ。母親を失った十二歳の彼は、一歳上のアマテルよりも、年上に見えた。

「アマテル姫、新しい国の話を、聞きましたか?」

「ええ」

「私達も、高天原の神威を、しっかり守っていかなければなりませんね」

アマテルが素直に頷くと、オモイカネは、優しく微笑んだ。
「高天原は、天神に選ばれた、神の国ですから」

二人から離れて、黒髪を緩くまとめた美しい少年が、ぶらぶらとついてきている。十一歳のスサノオだ。

彼は、身長が伸び、すらりと華奢な姿をしていた。母親似の甘い顔立ちには、まだ幼さが残っている。

前を行く姉とオモイカネの姿を、スサノオは、幸せな気持ちで眺めていた。「この世の中に、これほど美しく、お似合いの二人は、いないだろう」と、誇らしく思いながら。

もう少しで、イザナギの屋敷に辿り着く。花弁が風に乗り、三人の上を舞った。

そのときだ。屋敷の土塀の角から、少年の一団が現れた。

最初にアマテル達に気づいた少年が、大きな声を出した。

「おーい、神童がいるぞ！」

周囲の少年達も、同調する。

「神童だ！」

「神童夫婦だ！」

そして、皆で手を叩き、囃し立てながら、二人に迫る。

「神童！　神童！」

「神童！　神童！」

オモイカネは、アマテルを引き寄せ、そのまま、背にかばった。

離れていたスサノオが、走り出す。甘い顔立ちに似合わぬ、怒りの咆哮《ほうこう》が、轟く。

「スサノオだ！」

「スサノオが来るぞ！」

「逃げろっ！」

少年達は、口々に叫び、笑いながら、ばらばらと逃げ出した。

喧嘩になったら、絶対かなわない。そのことは、皆が承知している。スサノオは、誰よりも力が強く、武術の才に優れているのだ。

少年達が囃し立てる声は、塀の内側にあるイザナギの屋敷の中にまで、届いていた。

「子供達は、敏感だな。新羅建国から、『神童』が流行《はや》り言葉だ」

苦笑するイザナギに、オクは言った。

「良いこととは、思えません。何事もなければよいのですが」

「オク、何が心配なのだ？」

彼女は答えず、気づかわしげに、土塀の外を眺めた。


その日、宮殿の山神母の部屋では、山神族出身の重臣達が集まっていた。

「アマテルとオモイカネが神童だと、皆が噂している」

「新羅の赫居世に勝てるのは、二人だけだと。今の天君や太子では、無理だと。全く腹立たしいことだ」

「太子の早死にを望む声さえ、あるらしい」

太子の正妃も、山神族出身だ。二人の間には、息子が一人いる。

「アマテルの母親は、悪霊になったとか。いっそ、悪霊払いの名のもとに、成敗してはいかがでしょう」

若い重臣の意見に、重鎮が応える。

「いや、イザナミも、先々代天君の娘。悪霊と認めては、天神族の威信に、傷がつく。それに、本当に祟《たた》りがあるかもしれぬ」

「しかし、このままでは、神童を崇《あが》める民の声を、抑えることができません」

黙って話を聞いていた山神母が、口を開いた。

「わかった。アマテルは、ヨロズの正妃にしよう」

「えっ」

突然の案だ。一同は、驚きの声を上げた。

「山神母様、アマテルの子が天君になっても、よいのですか」

彼女は、答えた。

「次の天君は、亡くなった正妃が産んだ太子だ。アマテルが産む子は、天君には、なれぬ」

「なるほど」

「大衆は、神童に弱い。アマテルが、我々に対抗する者の妻となっては、厄介だ。危険な芽は、摘んでおかねばならぬ。それに、天君の正妃ならば、誰も文句を言えまい」

　重臣の一人が、言った。

「しかし、アマテルは、まだ十三歳だ」

「結婚ができる年だ」

「オモイカネと好き合っているという噂もある」

「確かめるまでだ」

　山神母は、命じた。

「オモイカネを呼べ」


　宮殿に戻ったオモイカネは、すぐに、祖母の部屋に呼ばれた。

山神族の男達を従え、山神母は、問うた。

「お前は、実の兄を差し置いて、天君になりたいと思うか」

「毛頭考えておりません」

「アマテルと結婚して、神童夫婦と呼ばれたいか」

「とんでもありません」

彼女は、言った。

「アマテルは、お前の父親の正妃にする。我等の決定に、異存はあるまいな」

オモイカネは、黙って頭を下げた。


天君の正妃になることが、イザナギの屋敷に非公式に伝えられたとき、アマテルは、何も言わなかった。

そんな姉を、スサノオは、なじった。

「姉上、なぜ何も言わないのですか！　好きでもない男と、結婚してもよいのですか！」

イザナギが、間に入る。

「スサノオ、やめよ」

「四十歳も年上の男と！　父上より、年上の男と！　姉上が、可哀そうだ！」

スサノオの怒りは、父親にも向けられた。

「父上、なぜ、断らないのですか！　姉上が、どうなってもよいのですか！」

「スサノオ、天君は、立派な方だ。それに、アマテルは、正妃になるのだ」

「でも父上、姉上には、他に好きな方がおられます」

イザナギは、顔色を変えた。

「スサノオ、バカなことを言うな！　他人が聞いたら、本当だと思うではないか。姉の立場を考えよ」

「父上！」

「そうでなくとも、アマテルを妬み、つぶそうとする者達は、大勢いるのだ。天君様なら、必ず、アマテルを守ってくださる。お前は、それもわからないのか！」

スサノオは、父にすがった。

「父上！　姉上の気持ちは、どうなるのですか」

「そんな簡単な話ではないのだ」

「なぜですか！　姉上の気持ちが、なぜ『簡単な話』なのですか！」

スサノオは、悔しさのあまり、地団駄を踏んだ。

「姉上、葦原中国へ、帰りましょう！　オモイカネ殿も一緒に、逃げましょう！　私が、お二人を守ります！」

アマテルは、弟を制した。

「スサノオ、もう、よい」

「よくない！」

スサノオは、泣き叫んだ。

「姉上ほど綺麗な人は、いない！　なのに、好きな人と一緒になれないなんて！　そんなの、嫌だ！　絶対、嫌だ！」


数日後、イザナギは、天君に呼ばれた。

「スサノオが、荒れているそうだな」

ここでは、何もかも、すぐに伝わるのだ。詫びるしかない。

「スサノオには、よく言ってきかせます。どうか、お許しください」

天君は、異母弟イザナギの顔を見つめた。

二十五年前、清らかに輝いていた少年は、苦悩を身にまとい、忍耐の皺が深く顔に刻まれている。

「イザナギ、苦労をかけ、すまなかった」

戸惑う弟に、天君は続けた。

「アマテルのことは、なるべく長生きをして、大切にする。許してくれ」

「兄上、何を言われます。天君の正妃になるなど、これほど名誉なことはありません」

イザナギの変わらぬ律儀さに、天君は、少し笑った。

「イザナギ、新羅の辰公《しんこう》を、知っているか。港を押さえる、有力者だ」

「存じています」

「スサノオを、彼に、預けてみないか」

思いがけない話に、イザナギは、驚いた。

「スサノオを、ですか？」

「そうだ。辰公の母親は、天神族出身。我等とは、縁続きだ。スサノオを預かってもよいと、言っている。揉め事が起きる前に、預けてみないか」

天君は、優しく言った。

「新羅は、新しい国だ。学ぶことも、多いだろう。スサノオのためにも、考えてみておくれ」


イザナギは、一晩考えた。そして、兄の提案を受け入れようと決めた。アマテルとスサノオを守るには、そうするしかない。

翌朝、三人の子供達が、集められた。

「お前達も、進むべき道を定めるときが、きたようだ。アマテルは、天君の正妃となり、高天原を治めよ。ツクヨミは、暦博士の元へ行き、月星を読み、暦を管理せよ。

スサノオは、新羅へ行き、港の管理を学び、青海原を治めよ」

「嫌です！」

即答したのは、スサノオだ。

「私は、新羅などへは、行きません。私が行きたいのは、葦原中国です」

「まだ、そのようなことを言うのか。お前を思う父の気持ちが、わからないのか」

「私の気持ちは、どうなのですか」

イザナギは、息子を厳しく叱った。

「自分を抑えられない子供の気持ちなど、問題ではない。スサノオ、もっと大人になれ。高天原の王族の一員としての、自覚を持つのだ」


それから数日後、天君とアマテルの結婚が、公式に発表された。

スサノオは、二人の式に出席することも、許されなかった。船に乗せられ、洛東江を渡り、新羅の辰公の元へと、送られて行った。

辰公の一人娘は、ソナという。スサノオより四歳年上で、十五歳になるところだ。彼女は、病死した母親に代わり、家を切り盛りしていた。辰公は、優れた男を婿に迎え、後継者にしたいと考えていたが、ソナは、どの縁談にも、気が乗らぬ風だった。

「ソナよ、この度、高天原に頼まれ、天君の甥を、預かることになった。気性が荒く、扱いに困っているらしい。いろいろ面倒かけると思うが、しばらく我慢しておくれ」

「はい、お父様」

どんな悪童が来るのかと、覚悟していたソナだが、初めてスサノオを見たとき、何故か、胸を突かれた。

すっと伸びた細い手足。柔らかそうな艶のある黒髪、愛らしさが残る顔立ち。憂いを帯びた暗い瞳。形の良い唇。

このように美しい少年は、見たことがない。それに、なんて寂しそうなのだろう。とても、乱暴者には見えない。

視線を感じたスサノオが顔を向けると、ソナは、慌てて目をそらした。

辰公は最初に、スサノオを、薪を割る作業場に連れていった。

丸太の山の前で、男達が、次々に薪を作っていく。その様子を暗い表情で眺めているスサノオに、辰公は言った。

「スサノオよ、暇にしているから、余計なことを考え、泣きたくなるのだ。身体を動かし、頭を使い、よく働き、よく学べ。そうすれば、お前にも、将来が見えてくるだろう」


薪割りは、体力が必要な単純作業だ。スサノオは、不満も口にせず、真面目に仕事に取り組んだ。

スサノオが斧を振り下ろすと、丸太は、瞬く間に、薪の姿に変わった。他の男達が驚くほど、誰よりも早く、正確に、スサノオは薪を割っていく。

「怠けるどころじゃ、ありませんぜ。その仕事の早いこと！　まるで、丸太の方が、薪になりたがっているみたいなんでさ」

場長の報告を聞いた辰公は、スサノオに、次の仕事を与えてみることにした。

作業場に行くと、スサノオは、顔を紅潮させ、汗を流しながら、ひたすら薪を割っている。

「スサノオ」

と、声をかけると、無言のまま、斧を置いて近づいてくる。

「私について来い」

作業場を離れ、高い板塀で囲われ、門兵が守る区画へと、二人は歩いて行った。

門の鍵を開け、中に入ると、鉄器工場である。大量の薪も、ここで使われていたのだ。スサノオの目が、大きく見開いた。そんなスサノオを見て、辰公は、自慢げに笑った。

「どうだ、立派なものだろう」

二人の視線の先では、真っ赤に溶けた液体が、とろとろと流し込まれている。

「鉄の湯だ。熱いぞ」

溶けた鉄から目を離さないスサノオに、辰公は、言った。

「お前、ここで働いてみるか」

それから数年間、スサノオは、よく働き、よく学んだ。鉄器工場の過酷な環境の中で、不平も言わず、毎日、くたくたになるまで働いた。新羅に来てから、泣き喚いたことは、一度もない。

十五歳になる頃には、スサノオの身長は、さらに伸び、背や肩にまで筋肉が付き、逞しい姿になっていた。口数は少なかったが、黒髪に縁どられた美しい顔立ちには、子供のような甘さが漂っていた。

十九歳になったソナは、相変わらず、縁談を断り続けている。

「ソナ殿は、いつも、お前を見ているな」

「お前に気があるのではないか？」

「スサノオは、色男だからな」

スサノオが、顔を赤らめると、男達は、どっと笑う。

無駄口を叩かず、顔を真っ赤にして働くスサノオを、鉄器工場の男達は、可愛がった。

秋が深まる頃だった。

「スサノオ様」

背後から呼ばれ、スサノオは、振り向いた。

ソナだ。彼女の声は、いつも穏やかで温かい。

「背中に、小枝が付いています」

スサノオは、右手を後ろに回して、背中を探った。届かないので、左手でやってみた。指先は触れるが、取ることはできない。右手を左の肩越しに回すが、やはり取れず、反対の手で、やってみる。見ていたソナは、噴き出し、スサノオの背に手を伸ばした。

朗らかに笑いながら触れたのに、その瞬間、二人は動きを止めた。ソナは、スサノオの熱い体温と、若い男の匂いを感じた。

振り向いたスサノオは、ソナの温かい香りを嗅いだ。働き者の彼女からは、実った稲穂の香りがした。太陽の光を浴びた、黄金色の稲穂の香りだ。

スサノオの潤んだ美しい瞳が近づき、ソナは、思わず目を閉じた。

スサノオは、ソナの唇に、そっと自分の唇を重ねた。


「お前、子供ができたのか」

父の言葉に、ソナは、頬を染めた。

「結婚もしていないのに！　相手は、誰だ！」

答える間もなく、父は続けた。

「スサノオだという噂は、本当なのか！」

「お父様、本当です。私は、スサノオ様と結婚したいのです」

「お前は、私の一人娘、この国を継ぐ者ではないか。あんな小僧、あんな居候《いそうろう》と！」

「お父様、スサノオ様は、小僧でも、居候でもありません。結婚を認めてください」

「ならん！　高天原の天君の身内でなければ、切り捨てるところだ！」

辰公は、イライラと叫んだ。

「スサノオを呼べ！」

呼ばれたスサノオが、やってきた。

「お前、世話になっておきながら、どういうつもりだ！」

スサノオは、黙っている。

「そんなに、私の国が欲しいのか」

「そんなことは、ありません」

「では、娘に惚れたのか」

スサノオは、少し首をかしげた。『惚れる』というのとは、ちょっと違う気がした。

その仕草に、辰公の顔が、怒りで真っ赤に染まった。

「無礼者！　私の娘を馬鹿にするのか！　ソナほど心がきれいで、思慮深く、情が深い娘はおらぬ！　お前、居候の分際で、よくも、私の娘に！」

太刀に手をかけた父親の前に、ソナが身を投げだした。

「お父様、お許し下さい！　私が好きになったのです。私が、一緒になりたいのです」

辰公は、驚いて、娘の顔を見下ろした。

「ソナ、どんな地位の男にも、どんな裕福な男にも、心を動かさないお前が……。一体、どうしたのだ」

訳がわからず、とりあえず、そのまま暮らしている間に、スサノオとソナの間には、息子が生まれ、イタケル（五十猛）と名付けられた。

やがて、娘が生まれ、さらに、三人目が、ソナの身体に宿った。

スサノオは、まだ十代だ。父親になった実感はない。ただ、ソナの傍にいるのは、心地よかった。ソナと眠ると、安心した。

こうして、スサノオは、よく働き、新しい国の制度や、製鉄についても、よく学んだ。正式な結婚は認めていない辰公も、孫たちを可愛がり、穏やかな日々が過ぎていった。

紀元前五十年。

新羅が建国され、アマテルが天君の正妃となってから、七年が経とうとしていた。

高天原の宮殿では、今日も、新羅への対抗策が議論されている。

「新羅の勢いは、増すばかりだ。このままでは、高天原も新羅に呑まれかねない」

「神童の威力には、かろうじて対抗できているが、何か、手を打ち、我等の力を見せつけなければ」

「そうだ。高天原に手を出せば、痛い目に遭うということを、分からせなければ」

「倭人の誇りにかけて。我等の力を、連中に見せてやりましょう！」

ここまでは、いつもの論調だったが、この日は、新しい案が出た。

「水軍を見せつけるというのは、どうだ。水軍は、倭人の得意分野だ。いくら新羅でも、かなうまい」

「陸の兵力では、互角だが。海の軍事力では、我等が圧倒的に優勢だ」

「戦いは、しなくてよい。ただ、圧倒的な力を見せつけてやれ！」

それからひと月も経たぬ、ある日。辰公が治める港のはるか彼方《かなた》、水平線上に多くの帆船が現れた。

帆影は、次第に近づいてくる。倭人の大船団である。数えられるだけでも、二十隻は越えている。

「倭人が攻めてきたぞ！」

港は、騒然とした。

逃げ惑う者、家族の元へと急ぐ者、主人に知らせに走る者。皆、大慌てだ。

「倭人の大船団だ！」

その知らせは、辰公の鉄器工場にも届いた。いつも通り働いていたスサノオは、道具を片付け、港へと急いだ。

港に着くと、船団が、湾の中に入ってくるところだった。

倭人の船だ！

淡路島にいた頃には、毎日のように見ていた船だ。スサノオの胸は、懐かしさで一杯になった。

集まった人々が、遠巻きに眺めている中、スサノオは、波止に駆け寄り、近づく船がよく見える位置に立った。

中心の船の舳先に立つのは、なんと、長兄ワタツミと、次兄ヤマツミではないか。その姿、なんと凛々しいことだろう！

船の動きを追って走りながら、スサノオは、叫んだ。

「兄上ーっ！」

声のする方向を見た兄達は、手を振りながら走る弟の姿に気づいた。二人は、笑いながら、甲板で、大きく手を振り返す。

スサノオの周囲にいた人々は、互いに顔を見合わせ、ひそひそと囁き合った。

特別な要求をすることもなく、ただゆっくりと近海を移動し、そのまま船団は、引き上げて行った。けれども、この出来事は、新羅の重臣達の怒りを招いた。

「我等を脅すとは、まったく腹立たしい限りだ」

「倭人の大将二人は、笑っていたぞ」

「港で手を振っていたのは、辰公の家にいる倭人だ。奴等の弟らしい。辰公は、あのような男を、どうして、娘の婿にしているのか」

辰公は、新羅の宮殿に呼ばれ、叱責を受けて、帰ってきた。辰公の家臣達も、怒り心頭だ。

「このままでは、我々まで、倭人の手先だと思われますぞ！」

彼等をなだめ、辰公は、ソナを呼んだ。

「ソナ、これで、わかっただろう。スサノオは、私やお前の立場など、なんとも思っていないのだ！」

ソナには、返す言葉もない。

部屋に戻ると、落ち着かない様子で、スサノオが待っていた。

「ソナ、話がある」

スサノオが詫びるのだと思ったソナは、彼を制した。

「私は、大丈夫です」

スサノオは、早口に言った。

「兄上達に会って、よくわかった。私はやはり、葦原中国の人間だ」

「え？」

ソナは、スサノオの顔を見た。

「ソナ、私は高天原に戻り、葦原中国へ行けるよう、もう一度、父上に頼んでみる」

「そうですか……」

ソナの表情が強張《こわば》ったのに気づき、スサノオは、尋ねた。

「ソナ、何かあったのか？」

ソナの目から、涙が溢れた。

「ソナ、どうした。何があった」

この人は、去ろうとしている。何の迷いもなく、何の心の痛みも感じず。ただ、去りたくなったから。

「ソナ」

それでも、その声には、彼なりの愛情が感じられる。そして、愛する男は、今日も美しい。

そう思う自分がおかしくて、ソナは、涙を流しながら、笑った。

スサノオは、心配そうに、ソナを見ている。

「いいのよ。あなたに道理は求めない。あなたを好きになったのは、私だから」

ソナは、スサノオの手をとった。

「子供達は、置いていって。私が育てます」

スサノオは、素直に頷いた。

そうだ。彼女に任せれば、安心だ。何もかも、きっとうまくいく。

三　追放

ソナを置いて、高天原に帰ってきたスサノオに、イザナギは、問うた。

「お前が新羅にいることは、高天原にとっても、良いことだったのに。お前は一体、何がしたいのだ」

「父上、私は、やはり、母上が眠る国へ帰りたいのです。他に望みはありません」

イザナギは、激怒した。

「お前は、どこまで馬鹿なのだ！　多くのことを学ばせ、多くの機会を与えたのに、何もかも捨てて行く気か！」

イザナギは、息を継いだ。

「父の心も知らず、自分に課せられた使命からも逃げるのか。もう、よい。お前のような奴は、どこへでも行くがよい」

スサノオは、言った。

「やっと、お許しが出ました。私は、葦原中国へ、帰ります。が、その前に、姉上に、別れのご挨拶に、行って参ります」

そして、スサノオは、九年ぶりに姉に会うために、高天原の神殿へと向かった。


スサノオが訪ねて来ると知り、アマテルの心は、ざわついた。彼女は、今では、五人の王子の母となり、国母として、天神を祀る神殿を守っている。

この国のためにも、夫や息子達のためにも、この神殿は、守らなければ。

アマテルは、髪を左右に分け、両耳の上にきりりと結い上げた。結った髪や両腕には、勾玉《まがたま》・管玉《くだたま》の飾り紐を巻き付ける。そして、腰には剣を下げ、手には弓を持ち、背には二つの矢立てを背負った。

その姿でアマテルは、神殿の前に辿り着いた弟の前に仁王立ちになり、神のごとき声を轟かせた。

「弟よ、何用だ！」

あまりに勇ましい姉の姿を見て、スサノオは、にっこり笑った。美しく、勝ち気。それでいて、純粋で真面目な姉。少しも変わっていない。

「姉上、お久しぶりです」

アマテルは、弟を睨み付けた。

「お前が治めるべきは、青海原。高天原を治めるのは、この私だ。お前は、父上の命に従わず、何をしに来た！」

「私は、父上のお許しを得て、葦原中国へ行くのです。ここに寄ったのは、姉上に会いたかったから。他に理由は、ありません」

アマテルは、まだ弟を睨んでいる。

「お前は、私の結婚にも、反対していた。どう信用しろと言うのか！」

スサノオは、自分の剣を外し、神殿の護衛兵に渡す。

「この剣を私の心として、姉上に奉ります。姉上が、ご自分でお確かめください」

受け取ったアマテルは、剣を井戸の水で清め、そのまま、大きく円を描くように振りかざした。その軌跡は清らかな狭霧を生み、その中に一瞬、美しい三人の姫君の姿が浮かんだ。

周囲がどよめく中、アマテルが剣を振り下ろす。傍らの岩に打ちつけられた剣は、高らかな金属音をたてて三つに折れ、陽の光を映して輝きを放つ。

スサノオは、言った。

「美しい姫君は、私に邪心がない証《あかし》。なぜ、三人なのかは、わかりませんが」

アマテルが答える。

「お前の務めは、青海原を治めること。三人の姫達は、宗像《むなかた》の渡しの神だ。高天原と葦原中国を繋ぎ、海の道を守る女神だ。スサノオよ、宗像の姫達を自らの娘とし、ともに天神族のために尽くせ」

スサノオが神妙に頭を下げると、アマテルは言った。

「スサノオ、葦原中国に出立する日まで、高天原に滞在することを許す」

アマテルは、巫女王として、神の田を守っている。籾蒔きや田植え、収穫の際には神事を行う、神聖な水田である。

彼女は、胸騒ぎがしてならなかった。滞在を許した時の、スサノオの誇らしげな顔が、気にかかる。幼い頃から、何をするかわからない弟だ。無鉄砲で、常識や道理は、通用しない。

スサノオが騒ぎを起こさず、無事、葦原中国へ出発してくれることだけを、アマテルは、願った。

アマテルの願いとは裏腹に、騒ぎは、すぐに起きた。

「アマテル様、大変です！　籾蒔きが終わった神田に、スサノオ様が、また種籾を蒔かれました！」

「誰も、止めなかったのか」

「神官が止めようとしましたが、スサノオ様が、勝手に蒔かれました」

アマテルは、ため息をついた。

「沢山籾を蒔けば、沢山収穫できると思ったのだろう。悪気はない。許してやれ」

重ね蒔きした神田では、貧弱な苗しか育たなかった。


田植えが終わった数日後には、泥だらけの神官が、駆け込んできた。

「アマテル様、大変です！　スサノオ様が、畔《あぜ》を壊しました。張っていた水が抜けています！」

アマテルは、すぐさま、指示を出した。

「急いで畔を修復せよ！　水を張れ！」

それでも、スサノオを責めようとする人々には、こう言った。

「畔の部分も田にすれば、もっと苗を植えられると思ったのだろう」

収穫の前には、たわわに実った黄金色の神田の中に、馬を放った。

「アマテル様、神田に馬を放つなど、聞いたことがありません。スサノオを罰してください」

訴えにきた人々に、アマテルは、答えた。

「神事に使う馬を、太らせようとしたのだろう。悪気はないのだ」


アマテルは弟をかばったが、スサノオは居直り、その悪行は、収まる気配がない。

あまりの悪行に、我慢ができなくなった人々は、重臣となったオモイカネに訴えた。

話を聞いたオモイカネは、怒り心頭で、スサノオの元を訪れた。

「オモイカネ殿！」

喜びの表情を見せたスサノオに、オモイカネは、厳しく問うた。

「スサノオ、いい加減にせよ。何故、アマテル殿を困らせるようなことをする」

スサノオは、唇をとがらせる。

オモイカネは、続けた。

「大体、葦原中国へ行く話は、どうなったのだ。いつになったら、出立するのだ」

「姉上が、笑ったら、行く」

「何？」

スサノオは、オモイカネを見た。隙のない、冷静沈着な、若き重臣の姿が、そこにある。

「姉上の笑い声を、もう、ずっと聞いていない。母上が亡くなってから、ずっと」

「お前は、何を言っているのだ」

姉が微笑《ほほえ》んだのを見たのは、七年前だ。オモイカネと一緒に歩いていたとき。あの時、姉は、幸せそうに見えた。

スサノオは、繰り返した。

「姉上が、笑ったら、行く」

オモイカネは、あきれ果てた。

「スサノオ、アマテル殿は、厳しい世界に生きているのだ。笑っている余裕などない。米が不作になれば、民達には、死活問題だ。それは、天神祭祀を司るアマテル殿の責任となり、ひいては、天君の神威に関わるのだ。その重責の中で、アマテル殿は、毎日、役目を果たしている。スサノオ、目を覚ませ！　子供のようなことを言うな！」

オモイカネの諭しも、若いスサノオの胸には、届かなかった。

収穫を神に感謝する「新嘗祭《にいなめさい》」。その神聖な儀式を行う神殿の床に、スサノオは、大便を漏らした。神殿を汚され、神官達は、激怒した。

「神殿で糞をするなど、聞いたことがない！」

「スサノオを厳罰に処してください！」

気づかず入ったアマテルも、衣服の裾を汚した。けれども、アマテルは、なおも、弟をかばった。

「酒に酔って吐く者は、身体が吐くのを、自分では、止められない。スサノオも、身体の勢いを、止められなかったのだ」

不憫《ふびん》な弟が出立するまでのことと我慢し、かばい続けたアマテルだったが、ついに、堪忍袋の緒が切れる日がきた。

神事に使う衣《ころも》を織る幡屋《はたや》の天窓から、スサノオが、馬の生皮を投げ込んだのだ。生々しい馬の皮が、突然頭上から降ってきたのである。巫女たちは、あまりの恐怖に、悲鳴を上げ、逃げ惑った。驚きのあまり転ぶ者や、織機にぶつかる者もいる。幡屋の中は、大混乱になった。

「アマテル様、大変です！」

アマテルの元へ、泣きながら、巫女の一人が駆け込んできた。

「ヒルメ様が、大怪我をしています！」

アマテルが駆けつけると、若い巫女の一人が、倒れている。王族の娘、ヒルメだ。その身体には、折れた織機が刺さっている。

「ヒルメ、しっかりしなさい」

「アマテル様……」

「早く、手当を！」

アマテルが視線を落とすと、すぐ傍の床には、生臭い馬の皮が落ちている。ヒルメは、天窓の真下にいたのだ。その恐怖は、いかばかりであったろう。

アマテルの身体は、怒りに震えた。

「誰が、このような酷いことを」

そこにいた全員が、声をそろえる。

「スサノオです！」

アマテルは、立ち上がった。

もう、他に道はない。

彼女は、叫んだ。

「捕らえよ！」


引きずられてくるのは、スサノオだ。

今度ばかりは、さすがに、まずいと思っている様子だ。

「お前が、やったのか」

「姉上」

「お前が、幡屋に馬の生皮を投げ込んだのか」

「ちょっと驚かそうとしたのです」

「巫女は、大怪我をしたぞ。お前は、どうするつもりだ」

スサノオは、首をすくめる。

そのとき、先ほどの巫女が、駆け込んできた。

「アマテル様！　ヒルメ様が、亡くなられました！」

アマテルは、弟を睨み付けた。

「スサノオ、もうよい！　お前の弁解など、聞きたくない。もう、お前は弟ではない。お前とは、縁を切る！」

「姉上！」

弟を残し、アマテルは、身を翻した。

そのまま、神殿を抜け、裏庭に続く岩屋に入ると、重い扉を閉めて鍵をかけ、中に閉じこもってしまった。

「アマテル様、お願いです、出てきてください」

神官や巫女達は、アマテルに懇願するが、中から返事はない。

神殿は、大騒ぎになった。

「どうする」

「どうする」

「どうする」

神官達も、重臣達も、ただ、おろおろと慌てふためくばかりである。

一人が叫んだ。

「オモイカネ様を呼べ！　解決できるのは、あの方しかいない！」


山神母は、激怒していた。

「己の身内のために、国事を放棄するとは！　アマテルに、正妃の資格などない！」

「母上、アマテルは、体調を崩して休んでいるだけです。決して、国事を放棄しているわけではありません」

妻をかばう天君の言葉を、母は遮った。

「もう二日も、祭祀を行っていないと言うではないか。神をないがしろにして、この国がどうなってもよいのか！」

「母上、オモイカネを確認に遣わします。どうか、怒りをお鎮めください」

「オモイカネ、お前は、アマテルとバカ弟の味方をするのでは、あるまいな」

オモイカネは、生真面目に答えた。

「そのようなことは、致しません。この国のため、わが父天君様のため、わが兄太子様のため、力を尽くします」


事態収拾を任されたオモイカネは、岩屋の前に祭壇を作るよう、指示を出した。やるべきことが決められ、人々の混乱も、落ち着いてくる。

懇願する声が消え、代わりに、何やら作業の音が聞こえてくる。アマテルも、外の様子が気になり始めた。

第一、夫や息子達は、どうしているだろう。


アマテルが閉じこもって、数日後のことである。明るかった空が、突然、暗くなってきた。太陽は徐々に隠れ、周囲は薄闇に包まれ始めた。

オモイカネが、叫ぶ。

「急げ！　アメノウズメは、どうした」

「来ました！」

岩屋の前には、急ごしらえの祭壇ができている。

アマノコヤネが、榊《さかき》を供える。上の枝には八咫鏡《やたのかがみ》を、中の枝には勾玉を、下の枝には木綿の布を懸けた。そして、オモイカネの命を受けたフトダマが、祈りを捧げる。

アメノウズメは、笹の枝を束ねて持ち、蔓《かずら》を頭に巻き、逆さに置いた桶の上に飛び乗った。そして、足を踏み鳴らし、胸もあらわに、前をはだけて、神がかりして踊り狂った。


トトン、トン。

トトン、トン。

軽快な足音をたてながら、アメノウズメは、腰を回し、膝を曲げて開いた足を高くあげ、乳房を揺らして見せる。見開いた瞳を、左右に動かし、柔らかな肉がついた白く長い両腕を、しなやかに揺らす。

集まった男達は、大いに笑った。

「私が籠っているというのに、何故、このように楽しげな笑い声が、聞こえるのか」

怪訝《けげん》に思ったアマテルは、外の様子を覗いてみようと、そっと鍵をはずした。そして、細めに扉を開けた瞬間、太く逞しい指が、目の前の隙間に、飛び込んで来た。と思うと、そのまま一気に、扉が開かれていく。怪力の持ち主タジカラオが、扉の陰に潜んでいたのだ。

タジカラオは、驚くアマテルの腕を掴み、岩屋の外へと引っ張り出す。岩屋の入り口には、すぐさま注連縄《しめなわ》が張られる。

慌てて戻ろうとする、アマテル。その腕を、今度は、オモイカネが掴み、自分の胸元へ、ぐいと引き寄せた。

「これより内側へは、二度と戻ってはいけません！」

オモイカネは、アマテルの顔を真近に見据え、低い強い声で告げた。アマテルは、息をのみ、腕を掴まれたまま、ただ、頷いた。

そして、高天原に、光が戻った。


高天原の宮殿では、すぐに会議が開かれた。

「いくらアマテル様の弟とて、今度ばかりは、許すことができません」

「アマテル様のみならず、天君様、ひいては、天神族全体の信頼を、失墜させるところでした」

アマテルも、今度は、反論しない。ただ、丁重に詫びの言葉を述べる。

スサノオは、神殿の片隅に隠れていたところを、捕らえられた。

「私を、アマテル様の実弟と知ってのことか」

そう抵抗してみるが、聞く者などいない。

「バカめ！　アマテル様もご承知だ！」

そして、そのまま、居並ぶ重臣達の前に引きずり出される。

「姉上！」

スサノオは、後ろ手に縛られ、座らされたまま、姉を見上げた。

アマテルは、情けない弟の姿を、黙って見下ろしている。

もう、私にできることは、何もない。

「姉上！」

嘆願するスサノオの声を打ち消し、オモイカネが、命じた。

「爪を剥げ！　髪も髭も眉も抜け！　スサノオを、高天原から追放せよ！」

スサノオは、何度も姉の方を振り返りながら、刑場へと引きずられて行く。

処刑用の椅子に縛り付けられたスサノオは、髪を抜かれ、髭と眉を抜かれ、両手、両足の生爪を、剥がされた。抜いた物は集められ、悪霊払いの呪文が、かけられた。

刑場に入って来たオモイカネは、言った。

「スサノオよ、高天原から、すぐに出て行け。アマテル殿の前に、二度と現れるな！」

スサノオは、髪、髭、眉を失い、両手足の先から血を流しながら、門の外へと放り出された。自らの血で汚れた獄衣を身に着け、裸足《はだし》のままで。

その夜から降り始めた雨は、五日経っても止まなかった。楠の大木の下に、スサノオは座っている。枝葉の間を抜けた大粒の滴《しずく》が、パタパタと降り注ぐ。傷口は乾かず、じくじく痛んだ。

雨風は、次第に強まっていく。稲妻が光り、雷が鳴り出し、スサノオは、大木の下を離れた。時々、まばゆい稲妻が、薄暗い空を照らす。

幼い頃、母イザナミが、草の葉で笠を編んでみせたことを、スサノオは思い出した。

「スサノオ、見ていてご覧」

白く美しい指先が、青草の細長い葉を、互い違いに編み込んでいく。幼いスサノオは、母に寄り添い、うっとりと手元を眺めている。

笑った。

「ほら、できた」

イザナミは、そう言うと、できたばかりの笠をスサノオの頭にかぶせて、にっこり

スサノオは、爪を剥がされた両手で、道端の草を折り取った。そして、激しい雨に打たれ、寒さに震えながら、その草を束ね、笠らしきものを作った。

「ほら、できた」

そう独り言を言い、頭にかぶる。

束ねた草は、身にもまとった。痛む足先も、草の葉で包んだ。

その姿で、スサノオは、彷徨《さまよ》った。行く先々で、宿と食べ物を乞い、罵声を浴びる。

「お前は、自分がした汚らわしい所業の数々を忘れたか！　罰として追放された身で、よくも我等に宿を乞うことができるな！」

生草で作った履物は、すぐに崩れ、泥水に浸かった傷口は、ひどく痛む。スサノオは、道端の草をむしって食べた。

惨めな姿で彷徨うスサノオの噂は、辰公の屋敷にも伝えられた。

辰公は、釘をさす。

「ソナ、スサノオは、我等を裏切った男だ。この家に入れることは、絶対許さぬぞ！」

父の言い分は、もっともだ。それは、ソナにもわかった。

激しい雨音と、遠い雷鳴は、止む気配がない。子供達をあやすソナには、それが、スサノオの泣き声に聞こえた。


雷雨の中、屋敷を訪ねてきた女性を見て、イザナギは、驚いた。

「あなたは、ソナ姫ではないか！」

人目を忍び、父親にも告げず、川を渡り、馬を駆って来たのだ。

「スサノオ様を、お助けください」

ソナは、言った。

「もう、頼れるところは、イザナギ様の所しかありません。どうか、スサノオ様の命を、お救いください」

　イザナギは、呟いた。

「あんな愚か者を、何故、そこまで……」

「スサノオ様は、愚か者ではありません。自分の本当の力に、気づいていないのです」

「しかし、高天原にも、もう居場所はない。山神母様の怒りに触れた以上、この屋敷に置くわけにもいかない」

　ソナは、イザナギの目を見つめた。

「葦原中国へ、お連れください。兄上様がいる葦原中国へ。スサノオ様が、恋い焦がれておられる、母上様の国へ」

　イザナギは、問うた。

「そなたは、それで、よいのか」

　洛東江の川岸に、スサノオは辿り着いていた。子供の頃、一人でよく泣いていた所だ。

長雨は、川を泥水にし、河原を水底に沈めた。それでも、洛東江は、とうとうと流れ続ける。遠い葦原中国へと続く、豊かな水の流れよ。

母を失い、父に逆らい、妻子を捨てて来た、俺。その結果が、これだ。大切な姉を傷つけ、民達からも、見放された。

スサノオは、よろよろと座り込み、そのまま、横向きに倒れた。もう、生きる気力も消え失せた。生きていて、何になる。皆に迷惑をかけるだけだ。

爪を剥がされ、髪を抜かれ、髭も眉も無くした。腹ペコで、もう動けない。生草をかぶったこの惨めな姿で、このまま、泥水に浸かって死ぬのだろうか。


その時だ。

「スサノオ」

と、声がした。

スサノオは、目を開いた。軍の靴を履いた、立派な足元が見える。横倒しのまま、視線を上げる。そこにいるのは、兄ヤマツミだった。

「兄上、どうして、ここに……」

と言いかけて、兄の傍らのソナに気づいた。

「ソナ……」

スサノオの姿は、泥にまみれ、雨に打たれながら息絶えようとしている、瀕死の雄鹿のように見えた。

「スサノオ様……」

ソナは、ひざをつき、草が絡むスサノオの手を両手で包んだ。冷たい指の先に爪はなく、紫色に腫れて血が滲んでいる。

髪も髭も、眉さえ抜かれた顔で、スサノオは、ソナを見上げた。

ソナは、泣きながら、愛する男の顔についている泥をぬぐった。

二人を見下ろし、ヤマツミが言った。

「スサノオ、私のところへ来い」

ぼんやりと見上げるスサノオの顔に、雨粒が次々に降りかかる。

「葦原中国へ、来い。他に居場所は、ないだろう」

ヤマツミは、弟の傍に身をかがめた。

「父上も了解している。心配するな」


用意された駕籠《かご》に、ソナに支えられながら、スサノオは、よろよろと這い入った。

駕籠の覆いが下ろされる。

雨に打たれずに済むだけでも、夢のようだ。

駕籠で揺られ始めて間もなく、スサノオは、深い眠りに落ちた。


スサノオは、そのまま船に乗せられ、葦原中国へと、ヤマツミとともに帰っていった。

船が波で上下するのを、スサノオは、夢うつつで感じていた。ワタツミの声も聞こえたが、疲れ果てたスサノオには、言葉を返すことはできなかった。

海鳥が鳴いている。
葦原中国へ帰るのだ。

こんな惨めな姿だけれど。

四　統治

ヤマツミは、今では大山祇《おおやまつみ》とも呼ばれ、筑紫から四国、瀬戸内海の島々まで自在に行き来し、要所要所に屋敷を構えていた。

その一つに迎えられたスサノオは、がつがつと食事をむさぼった。そして、食事が終わると、思い切り酒を飲み、それから三日三晩、こんこんと眠り続けた。

スサノオの姿は、異様なものだった。両手両足の先に布をまき、髪のない頭にも布をかぶる。がっしりした体格の身体は、痩せて骨組みが浮き出し、眉も髭もない顔は、頬がこけ、目だけがぎらついている。

皆が怖がり、遠巻きにする中、ただ一人、スサノオに懐く者がいた。ヤマツミの娘、赤子の大市《おおいち》姫である。姫は、スサノオの顔を見る度、声をあげて笑う。足元にじゃれつき、這いながら彼の後を追った。

スサノオは、新羅に残してきた我が子を思った。

父親らしいことは、何もしてやれなかった。三人目の子供は、順調だろうか。三人とも、バカな父親のことなど、きっと忘れて生きていくのだろう。それでいい。

赤子を見つめる弟に、ヤマツミが声をかけた。

「ソナは、良い女性ではないか。お前は、何故、妻子まで捨てたのだ」

スサノオは、うつむいた。

「わかりません。私はいつも、考えが足りないのです」

傷が癒えてくると、スサノオは、兄に尋ねた。

「兄上は、出雲をご存じですか？」

「世襲の祭祀王が治める国だ。アシナヅチが、今、出雲にいる」

「淡路島にいたとき赤子だった、あのアシナヅチですか」

「そうだ。七年前、巫女王テナヅチの夫になった」

　スサノオは、考えた。

「兄上、私は、高天原を追放された身。高天原と縁続きの淡路島には、もう戻れません。筑紫は高天原と近すぎて、姉上や父上に、また迷惑をかけるかもしれない。私は、出雲に行ってみようと思います」

　ヤマツミは、言った。

「お前、ロンを覚えているか？」

「母上に呪いをかけた男ですか？」

「ロンは今、イワサクを連れ、我等のために、山の資源を探してくれている。出雲に続く山の中には、沢山の鉄が眠り、その北側の海岸にも、多くの砂鉄があると言っていた」

「兄上、それでは私も、鉄を求め、出雲へ旅してみます」

　ヤマツミは、スサノオに言った。

「では、これを持って行け」

兄が持ってきたのは、ひと振りの立派な太刀だ。

「お前が、高天原で剣を折ったと知って、ソナが用意してくれたのだ」

「ソナが……」

その太刀を身に着けると、新羅にいるソナが、傍で見守っている気がした。

そして、スサノオは、道案内の伴を連れ、出雲を目指した。


出雲、意宇《おう》の地は、宍道《しんじ》に続く入海《いりうみ》の南、平野が広がる穏やかな土地である。人々は、水田で稲を育て、秋に収穫を終えると、山に入り、砂鉄とりの仕事に従事した。出雲の砂鉄は、良質で、良い鋼《はがね》が作れた。

古来、出雲を治めてきたのは、世襲の祭祀王だ。だが今では、その威信にも陰りが出ている。

出雲の鉄と豊かな実りは、新しい倭人の国々に、常時狙われていたのだ。

　スサノオは、鉄を求め、川筋に沿った山道を進んで行く。その時、川上から、箸が流れてきた。

「この川上に、人が住んでいるのだろうか。山しか見えないが」

　そう思い、さらに上流へ進んで行くと、一組の夫婦が、幼い少女を挟んで泣いている。

「あなた方は、誰だ」

「私は、大山祇の息子、アシナヅチと申します。こちらは、妻のテナヅチと、娘のクシナダ姫です」

「なぜ、泣いているのだ」

「テナヅチは、出雲の祭祀王の末裔でございます。前の夫との間に、七人の娘がおりましたが、コシの者達に、一人ずつ奪われました。前の夫も、娘のために戦い、命を失ったのです」

「コシは、なぜ、娘を？」

「出雲の祭祀王の地位を継ぐ者だからです。コシは、出雲の米と鉄、そして出雲の国そのものを、欲しがっているのです」

　アシナヅチは、続けた。

「夫を殺され、婚姻を迫られたテナヅチは、私の父、大山祇に助けを求め、私が夫になりました」

　テナヅチが、言った。

「この娘は、私達の娘。私の娘は、もう、この娘一人です。今年は、コシの軍勢が、この娘を狙ってくるはず。でも、私達には、成す術《すべ》もありません。それで、泣いているのです」

　スサノオは、少し考えた。

「その娘を守ったら、私を出雲に迎えてくれるか？」

　思いがけない言葉に、夫婦は、スサノオを改めて見た。陰りのある美しい顔立ち、引き締まった身体に、立派な衣服と太刀を身に着けている。

「失礼ですが、どなた様でしょうか」

「私は、高天原を治めるアマテルの弟、スサノオだ。あなたは、大山祇の息子ならば、私の甥ではないか」

　夫婦は、畏まった。

「叔父上とは知らず、失礼しました。お任せします。どうか、よろしくお願いします」


　スサノオは、すぐに、コシの軍勢を迎える準備を始めた。

「酒は、準備できるか?」

　夫婦は、口を揃えて答えた。

「たくさんございます」

「では、八つの樽になみなみと用意せよ。それから、御馳走も沢山用意せよ」

「毒酒を造られるのですか?」

「いや、毒は、盛らぬ」

「では、どうやって……」

　アシナヅチは、周辺を見渡した。スサノオが軍隊を率いている様子は、ない。

スサノオは、言った。

「私一人で、戦うのだ」

夫婦は驚いたが、他に手立てはない。二人はスサノオの指示に従い、急いで準備を進めた。

酒と御馳走を用意し終えると間もなく、コシの八つの軍団が、出雲に到着した。軍団は、それぞれがのぼり旗を掲げている。大将軍は、一番大きな旗を掲げ、一番大きな馬に乗った、堂々たる大男だ。

テナヅチとアシナヅチの姿を認めると、彼は、馬から飛び降りた。

「おお、テナヅチか。米と娘をもらいに来たぞ」

アシナヅチは、頭を下げた。

「これは、コシの大将軍様、長旅、お疲れでございましょう。良き酒を造りました。どうぞ、皆様でお召し上がりください」

大将軍は、ぎろりと睨んだ。

「我等を歓迎しようとは。お前、どうした。何か企んでいるのではあるまいな」

「とんでもありません」

大将軍は、疑《うたぐ》り深い目で、夫婦を眺める。

「近くに兵を隠しているのか？」

「私のために命をかけてくれた兵士達は、皆、死にました」

テナヅチの言葉に、大将軍は、ふふんと鼻で笑った。そして、振り向くと、将軍達に指示した。

「周辺を、よく調べろ」

偵察隊がばらばらと散っていくと、大将軍は、アシナヅチに向き直った。

「では、酒に、毒でも入れているのか？」

アシナヅチは、深々と頭を下げる。

「とんでもございません。樽酒は、八つ用意しております。どうぞ、皆さま、一樽ずつお持ちください」

「お前、先に飲んでみよ」

不意に、大将軍が言った。

「全部の樽から、一杯ずつ飲んでみよ」

「畏まりました」

アシナヅチは、各々の樽から、一杯ずつ酌み上げ、美味しそうに飲み干してみせた。

その様子を、軍団の兵士達は、喉をなだめながら見つめている。

そこへ、先ほど偵察に行った兵達が、戻ってきた。

「大将軍様、兵の姿はありません」

大将軍は、笑った。

「アシナヅチ、良い飲みっぷりだ。お前の志は、よくわかった。テナヅチよ、無駄な戦いなど挑まず、最初から、こうしていればよかったのだ」

そして、軍団に声をかけた。

「おーい、酒を運べ！」

待ち構えていた八つの軍団の兵士達は喜びの声をあげた。歓迎されるとは思っていなかっただけに、硬かった兵士達の顔は、明るく和らいだ。

「食べる物は、ないのか？」

「たくさん用意してございます」

「馳走になっても、娘は、もらって帰るぞ」

「承知しております」

樽から酒を酌み、たらふく飲んで食べると、長旅の疲れもあり、兵士達は、横になって眠り始めた。

スサノオは、静かに、軍団にまぎれこむ。まっすぐな指の美しい手で、眠る兵士の口元を押さえながら、次々に殺していく。そうして、将軍達に近づいては、その胸に太刀を突きたてた。

皆が気づいた頃には、五人目の将軍が、殺されようとしていた。

慌てて武器をとった兵士達が、一斉にスサノオに向かっていく。スサノオは、がばっと身を起こすと、仁王立ちになり、轟くような雄叫びを上げた。

ざわざわと、木々が枝を震わせた。スサノオを軸に、風が渦を巻き始める。山の中から、狼の遠吠えが起こる。

スサノオは、大きく跳ね上がると、狂ったように、コシの軍団を次々と切り捨ていく。そのあまりの速さ、あまりの激しさに、兵士達は怯え、逃げ出し始めた。

陣営の奥で休んでいた大将軍も、騒ぎに気づき、目を覚ました。そして、酒がまわった身体を、必死で起こそうとする。

その目の前に鎧《よろい》を身にまとった、堂々たる体格の、美しい男が、ひらりと躍り出た。太刀を振り上げた男の全身からは、熱い気が噴き出している。

剣を取りつつ、大将軍が問う。

「お前は、何者だ！」

「俺は、高天原のアマテルの弟、スサノオだっ！」

と言う間に、スサノオの太刀は、振り下ろされる。大将軍が掴んだ剣は、彼の手から、ぽとりと落ちた。

絶命した大将軍の横で、その剣を手に取ったスサノオは、目を見張った。それは、今まで見たことがないほど、立派なものだった。

「このように立派な剣は、見たことがない」

駆け寄ってきたアシナヅチも、その剣を見て、驚いた。

「スサノオ様、この剣は、あの有名な、朱蒙《ちゅもん》王子の剣ではないでしょうか。スサノオ様、これは、コシを倒した王者の証。葦原中国の大王にふさわしい剣です」

「葦原中国の大王の剣か……」

スサノオは、剣を見つめた。

「これは、私が持つべきものではない。この剣を持つべきは、高天原の姉上だ。アシナヅチ、これを、高天原のアマテル様に届けよ」

アシナヅチは、言った。

「このように見事な剣、二度と手に入りません。本当によいのですか？」

スサノオは、笑って、コシの軍団を倒した太刀をかざした。

「私には、この太刀がある」


こうして、コシの大軍は、主だった将軍達と多くの兵士を失い、引き上げていった。

アシナヅチとテナヅチは、スサノオの前に、ひれ伏した。

「スサノオ様こそ、出雲の王にふさわしいお方。私達の娘を妻とし、どうぞ、この地にお住みください」

スサノオは、夫婦の傍らに控えるクシナダ姫に目を向けた。姫は、まだ幼女である。

「いくらなんでも、このような子供を妻にすることはできない」

「しかし、出雲を治めていただくには、テナヅチの血をひく娘と結婚していただかなくては。テナヅチの血をひく娘は、もう、この子一人なのです」

スサノオは、言った。

「では、姫が年頃になるまで、お前たちで、出雲を治めよ。困ったときには、私が力になる。私は、もう少し、各地を見て回りたい」

「わかりました。では、それまで、私達で出雲を治めます。必ず、お帰りください」

スサノオは、数名の伴を引き連れ、山中の鉄の鉱脈を求めて、旅を続けた。

スサノオが、たった一人で、コシの八軍団を撃退したことは、瞬く間に知れ渡っていた。その人間離れした、凄まじい戦いぶりも。

もはや、表立ってスサノオに歯向かう者は、いない。

その日も、スサノオ一行は、鉱脈を求め、馬を引き、山の中を進んでいた。一行の中には、一名、具合の悪い者がいる。新羅から帰ってきたばかりの若者だ。

一日中歩き通し、食料もつき、日も暮れようとしている。林を抜けると、急に景色が開け、ようやく人里が見えてきた。

具合が悪かった若者は、熱が上がり、赤い顔だ。

「お前、どこかで休んだ方がよいぞ」

その時、飢えた一行の鼻を、うまそうな匂いが刺激した。暗い道の先に、木々に囲まれた一軒家があり、灯りがもれている。

「あそこに、大きな屋敷が見えます。スサノオ様、あの家で食料を分けてもらいましょう。できれば、病人だけでも、泊めてもらえるよう、頼んでみましょう」

屋敷には、恰幅がよい中年の男が住んでいた。門を叩くと、自ら出て来て、一行をじろりと眺める。

「我等は、旅の者だ。すまぬが食べる物を分けてもらいたい」

「悪いが、分けられるような食料はない」

「良い匂いがしているではないか。少し分けてもらえぬか」

男は、首を横にふった。

「これから、我が集落コタンの集まりがあるのだ。この料理は、彼等に食べさせるためのもの。見知らぬ方々に分けるものはない。お帰りください」

「病人がいるのだ。この者だけでも、どこかで休ませてもらえまいか」

暗闇の中から続々と、灯りを手にした人々が集まって来る。

具合が悪い若者は、木陰で嘔吐していた。眉をひそめた男を見て、スサノオの伴の一人が、語気を荒げた。

「スサノオ様、こうなれば、力づくでも、従わせましょう」

「いや」

と、スサノオは、言った。

「仕方がない。先へ行こう」

ぐったりとした若者を馬に乗せ、一行は、集落のはずれまで進んだ。

「もし、旅のお方」

近くのあばら家から、痩せた男が駆け寄ってきた。

「病人も、おられる様子。さぞ、お困りでしょう。せめて、温かい粥だけでも、食べていってください」

男の家に入ると、大鍋一杯の粥が炊かれていた。粥といっても、ほとんど、湯のような薄いものである。それでも、一行の冷えた身体を温め、疲れを和らげた。

スサノオは、尋ねた。

「お前は、何者だ」

「名乗るほどの者では、ございません。かつて、私も新羅にいました。そちらの病人は、新羅の服装。それで、スサノオ様のご一行とお見受けし、お力になれればと思った次第です。どうか気をつけて、お帰りください」

スサノオは、筆をとり、

「蘇民将来」

と書いて、男に渡した。

「あいにく、お前に渡すようなものを、何も持っておらぬ。この札を家に掲げよ。改めて札を遣わそう」

それから、ひと月が経とうかという頃、スサノオは、部下の一人をコタンに遣わした。

「大変です！」

戻ってくるなり、彼は、叫んだ。

「どうした」

「あの集落は、全滅しておりました」

「何？」

「コタンの長老の家に集まっていた者達は、全員死んだとのことです。その家族の者達も、その後、残らず死んだそうです」

「あの、粥をくれた男もか」

「あの男の家の者だけ、難を逃れたそうです」

スサノオは、考え込んだ。

「スサノオ様」

「なんだ」

言いにくそうにしている。

「集落が全滅したことが、噂になり、広まっています。集落が全滅したのは、スサノオ様のお世話を断ったからだと、言われています」

「何？」

「スサノオ様が、お怒りになり、集落を全滅させたのだと。スサノオ様に粥を差し上げた男の家だけ無事だったのは、その証だと」

部下は、続けた。

「蘇民将来と書いた札が、いたるところに貼ってありました。皆怯え、争って、蘇民将来の札を家に掲げています」

「そんな、馬鹿なこと」

「コタンの民だけ招いた者は死に、新羅のソの民を招いた者だけが、生き残れると、噂されています」

スサノオは、思い当たった。

「あれは、おそらく流行り病だ。付き人の病が、うつったのだ。私も、うかつだった。あの集落の人々は、身体が外の空気に慣れていなかったのだ」

そして、一人つぶやいた。

「高天原に行けば、葦原中国の人間と言われ、新羅に行けば、倭人と言われ、葦原中国に住めば、ソの民と言われる。私は、何者なのだ」


集落全滅の噂が広がるにつれ、スサノオが訪れると、人々が、極度に怯えるようになった。

「病すら、意のままにされる方だ。恐ろしい。本当に恐ろしい方だ」

「決して、機嫌を損ねるな。殺されるぞ」

「集落すべて、皆殺しになるぞ」

スサノオが訪れると、御馳走や酒が、山のように並ぶ。美しい乙女が現れ、傍に侍《はべ》って酌をし、食事の後は、寝床へと誘った。

「お前は、ここの娘か」

何気なくスサノオが尋ねると、国の主は顔色を変え、慌てて釈明する。

「私の娘は、今、身支度をしておりまして。すぐに参ります」

そして、顔をこわばらせた娘が、親に連れられて来るのだった。

スサノオは、怯える女には、手をつけない。すると、すぐに別の女が、やって来る。時には、好奇心なのか、スサノオの相手を自ら希望する女もいた。


スサノオは、出雲の巫女王テナヅチの娘婿になる男だ。言わば、葦原中国祭祀王の正統な後継者だ。彼に逆らう大義はない。

人間離れした凄まじい力を秘めている、スサノオ。けれども、その力が弱い者に向けられることはない。彼は、残虐でなく、理不尽な要求もしない。むしろ、残虐な者達から、弱い民達を守ってくれる。

人々は納得し、葦原中国は落ち着いていった。スサノオの子供達が各地に生まれ、米や名産品が、出雲に届けられた。

スサノオの噂は、高天原にも伝わっていた。

彼が出雲の祭祀王の娘と婚約し、葦原中国で崇められていることや、多くの子を得たことなどである。

山神族の宰相は、苛立たしげに言った。

「スサノオは、葦原中国で、やりたい放題らしい。各地の女に手を出し、多くの子供ができているそうだ」

他の重臣達が、同調する。

「まるで、葦原中国の大王気取りだ」

「偉そうに！　高天原を追放されたことを、忘れたか！」

「奴は、危険だ。討つしかない」

憎々しげな言葉は、重臣の一人として列席しているイザナギの耳にも、入ってくる。

天君が、言った。

「葦原中国の平定は、我等の長年の悲願だったではないか。スサノオは、我等の悲願を叶えているのだ」

重臣達は、ざわついた。

「誰もなしえなかったことを、スサノオが、実現したと言うのか」

「では、このまま、見て見ぬふりをするのか。洛東江の東はガキに取られ、葦原中国は、バカに取られるのか」

「いずれにしろ、我等の面目は、丸つぶれだ！」

黙って聞いていたイザナギが、静かに言った。

「私が、淡路島に戻りましょう」

皆は、再びざわつく。

「私が行き、スサノオを監視します。高天原に歯向かうようなら、成敗します。それでいかがでしょう」

イザナギの言葉に、重臣達も鎮まった。

「イザナギ殿が、そこまで言われるのなら」

会議の後、イザナギは、天君の部屋にいた。

「イザナギ、本当に、よいのか。お前には、あまりに辛い場所ではないのか」

イザナギは、答えた。

「遠い昔のことです。途中で任務を投げ出したことは、ずっと私の胸に刺さっていました。これで、心が落ち着きます」

天君が、さらに言葉をかけようとした時だ。部屋の外からざわめきが聞こえたかと思うと、いきなり大きく扉が開いた。駆け込んで来たのは、アマテルだ。

「お父様！　葦原中国へ行かれるというのは、本当ですか！」

アマテルは、そのまま、父の腕にすがった。

「行かないでください！」

「アマテル……」

「お父様まで行かれたら、私一人になってしまいます」

イザナギは、娘を見つめた。

天君を支え、五人の王子を育て、民のために祈る毎日を送る、アマテル。地道な努力の日々は、光輝いていた少女を、より深みのある、美しい大人の女性に変えた。

「アマテル、お前には、天君様がついている。立派な王子達もいるではないか。私は、天君様とお前が治める国のために、行くのだ」

「スサノオのためでは、ないのですか」

父を見つめるアマテルの目には、涙が浮かんでいる。

「お父様、スサノオが高天原を追放されたのは、私のせいではありません。スサノオが、悪いのです」

イザナギは、優しく言った。

「アマテル、お前はいつも、私の誇りだよ。大丈夫。お前には、天神がついている。どこへ行こうと、お前の幸せを、祈っているよ」

高天原で、スサノオを討つ検討がなされたことは、新羅のソナの元にも伝わった。

「母上、父上は、祖国が成敗を考えるほど、悪い方なのでしょうか」

「イタケル、お前の父上は、真っすぐなお方。決して、悪い方ではありませんよ」

十二歳になった息子に、ソナは言った。

「スサノオ様は、昔から、権力や地位には無頓着。欲得で物事を考える人達には、それが理解できないのです」

ソナは、イタケルを見た。健やかに育った息子の目には、素直で誠実な心が宿っている。

「イタケル、お前、父上の所へ行き、お助けしておいで。父上を、お守りするのです」

イタケルは、問うた。

「母上は、どうされるのですか」

「私は、この国を守らなければ。それが不孝をした父への、せめてもの務め」

「けれど、どうやって父上の所へ行けばよいのでしょう」

答えは、自然に、ソナの口からこぼれた。

「イザナギ様を、お訪ねしなさい。きっと、力になってくださるはず」

「イザナギ様は、父上を成敗しに行くのではないのですか？」

「いいえ、きっと違う」

ソナは、遠くを見つめ、繰り返した。

「きっと、違う」


イザナギは、四十年前、初めて葦原中国を訪れたときと同じ航路で、淡路島へと向かった。年老いた姿で、同じ景色を見るのは、不思議な気がした。

オクとアカルタマは、高天原に残した。高天原しか知らない妻子に、葦原中国での生活を強いる気は、なかった。

潮風を顔に受けながら海面を眺めていると、トビウオが跳ねた。

その時ふと、隣に、イザナミがいるような気がした。


まさか。

イザナギは、笑った。

私は、あんなひどい仕打ちをしたのに。

自分の両手に目をやれば、所々にシミが浮き出た、水気の少ない、確かに年老いた手がある。けれども、胸の中には、懐かしく温かいものが、感じられた。

恨まれていてもいい。私は、帰ってきた。葦原中国へ。イザナミの元へ。

五　葦原中国

淡路島に着いたイザナギの目の前には、懐かしい風景が広がっている。出迎えた男の顔を見て、イザナギは、驚いた。

「ネサクではないか！　ずっと淡路島にいたのか」

ヤマツミの幼なじみであるネサクは、イザナギに頭を下げた。

「イザナギ様、ようこそ戻られました。島の者達は、皆、喜んでいます」

青い海も、緑の平地も、あの頃と変わらない。

「そうだ、五斗長垣内《ごっさかいと》に行ってみよう」

イザナギがそう言うと、ネサクは、驚き慌てた。

「五斗長垣内でございますか？」

「そうだ。鉄器工場は今、どうしているのだろう」

「しかし、イザナギ様、あの場所は……」

五斗長垣内は、イザナミが凄惨な最期を遂げた場所。イザナギが、生まれたばかりの赤子カグツチを、刺し殺した場所だ。

「行ってみたいのだ。案内してくれ」

イザナギは、ネサクに案内させ、鉄器工場へ向かった。ネサクは、何故か、硬い表情をしている。

高台にある工場に近づくと、柔らかな風に乗って、複数の男女の明るい笑い声が聞こえてきた。藁葺きの建物群に近づきながら、イザナギは、二十年前の痕跡を、目で探した。

赤黒い血で覆われ、強い臭いを放っていた場所。凄惨な現場。

今、そこには、美しい花が咲き乱れていた。

イザナギが、建物の中に入ると、笑い声が、ぴたりと止まった。初老の男が、イザナギに気づき、悲鳴を上げた。

「イ、イザナギ様!」

「イザナギ様?」

他の人々も、一斉に、顔色を変える。

「お許しください!」

老若男女、皆、次々と膝をつき、地面に這いつくばった。

「どうした」

イザナギは、工場内を見渡した。

そこに並んでいたのは、武器ではなく、斧や鉈《なた》だった。

初老の男は、責任者らしい。顔は上げず、ぶるぶる震えながら、大声で詫びた。

「お許しください！　まさか、イザナギ様がいらっしゃるとは！」

イザナギは、棚に並んだ、たくさんの生活道具を眺めた。どれも、きれいに並べてある。その一つを、手に取った。ちょうどよい重さ、使いやすい大きさ。なんと良い、心のこもった道具だろう。

ああ、この国は、こういう国なのだ。

武器を作るよう命じても、生活に役立つものを作り始める。それも、より使いやすい、より質の良いものを作ろうとする。

ツギが当てられた衣服を着ながら、惨劇の舞台を花で覆い、亡くなった者達の魂を慰めている。

「お許しください！」

「もう、よい」

イザナギは、言った。

「良い道具を、作っているではないか」

顔を上げた職人達は皆、驚きの表情で、ぽかんと口を開けている。

「腕を磨き、良いものを作っておくれ。国のため、民のため、その腕を活かすのだぞ」

職人たちは、地面に手をついたまま、また、深く頭を下げた。

イザナギは、五斗長垣内の南西の地に屋敷を建てた。数名の使用人とともに、生活を始め、身の回りの世話をしてくれる地元の娘を、新しい妻にした。

やがて生まれた男子は、シオツチと名付けられた。


淡路島を望む、刺国《さしくに》名草の加太の岬に、スサノオは立っている。イザナギが、淡路島に戻ってきたとの知らせは、スサノオの元にも届いていた。

「ここからは、淡路島がよく見える」

「イザナギ様は、屋敷を建て、終《つい》の棲家にすると、皆に告げられたそうです」

同行した刺国の王、刺国彦が言う。

「訪ねて行かれますか」

「いや、やめておこう。また何か、父上に迷惑をかけてはいけない」

スサノオは、淡路島を眺めた。

「どのような理由でもいい。父が、母の国へ帰って来てくれた。それだけで、嬉しいのだ」

その夜、刺国彦の屋敷に泊るスサノオの寝屋に、一人の美しい乙女が、訪れた。

「刺国彦の娘、若姫でございます」

「私は、自分から女を要求したことはない。安心して、父上の元へ戻られよ」

若姫は、言った。

「私は幼い頃、トべから、スサノオ様の話を聞きました」

スサノオは、はっと起き上がった。トべは、淡路島でイザナギ一家の世話をしていた女性である。

「亡くなったトべを、知っていたのか」

「はい。トべは、イザナミ様のことも、よく話していました」

「母上のことを……」

「美しく、優しく、愛らしい、花のような方だったと。そして、スサノオ様のことを、とても可愛がっていたと」

スサノオは、若姫を見つめた。

「スサノオ様のことを、悪く言う者達がいるのは、知っています。けれども、私がトべから聞いたスサノオ様は、強い力をお持ちですが、情が深い、優しいお子様です。私は、お会いできる日を、ずっと待っていました」

スサノオは、手を伸ばし、若姫を抱き寄せた。

懐かしい記憶が、スサノオの胸に蘇った。

海岸に打ち寄せる、優しい波の音。きらきら光る海面、朗らかな母の笑い声。

遠い遠い、昔のことだ。


それから数日後、刺国彦の屋敷に逗留するスサノオを、一人の若者が訪ねてきた。

「父上、新羅のイタケルです。ご無沙汰しています」

礼儀正しく挨拶する若者を、スサノオは、眩しそうに見つめた。

「イタケルなのか？　大きくなったな。ソナ殿は、お元気か？」

「はい。元気にしています」

「だが、なぜ、ここへ？」

戸惑う父親に、イタケルは、答えた。

「母上から、父上をお助けするよう、言われました。ここへは、ヤマツミ伯父上に、連れて来てもらいました。私は、父上のお力になりたいのです」

「そうか。それは、頼もしいな」

とは言ったものの、あまりに突然で、何をさせたらよいか思いつかない。

「イタケル、私は、しばらくここにいる。何ができるか、お前が自分で考えてみよ」

父の言葉を受け、イタケルは、刺国彦の屋敷を拠点に、各地を見て回った。

「父上、薪を採るために木を伐り、あちこちで、山肌がむき出しになっています。斜面も急です。このままでは、山崩れが起きて、危ないのではないでしょうか」

傍で聞いていた刺国彦が、頷く。

「確かに。先日の大雨では、山が崩れ、大変でした」

イタケルが、言った。

「父上、私は、木を植えようと思います」

「木種は、どうする」

「私が、新羅から、持って参ります。母上に頼めば、必ず用意してくれます。薪を安定して得るためにも、山を守るためにも、植林は必要です」

スサノオは、言った。

「イタケル、それならば、薪にするものだけでなく、船や家に使える木も、植えるとよい」

「どのような木でしょう」

「船を作るには、杉か樟《くす》だ。立派な家には、檜が必要だ。人々の棺には、槙《まき》がよいだろう。この国には、足りないものばかりだ。どうだ、用意できるか？」

「やってみます」

それから、イタケルは、度々新羅に渡り、多くの木の種を持ってきた。その種から苗木を作り、荒れた各地の山に植え続けた。

スサノオが刺国を離れるとき、若姫は、スサノオの子を宿していた。スサノオは、若姫に尋ねた。

「一緒に来るか?」

「私は、この地で、スサノオ様を思っております。いつでも、おいでください」

近くに住まいを建てた息子にも、尋ねた。

「イタケル、お前は、どうする?」

「この地は、暖かく雨も多く、木を育てるのに向いています。私も、この地に残ります」

「そうか」

スサノオは、また各地を巡り始めたが、その後も、度々刺国を訪れ、刺国彦の屋敷に滞在した。

やがて、若姫は、スサノオの息子を産んだ。

「さぁさぁ、若君をご覧くださいませ。これほど美しい赤子は、見たことがありません」

産婆に促され、若姫の隣に眠る赤子を見たとき、スサノオは、息が止まるかと思った。

そこにいたのは、亡き母にあまりにも面影が似た、美しい赤ん坊だったのだ。

若姫は、微笑む。

「美しい子でしょう?」

スサノオは、声が出ず、ただ頷いた。

それからというもの、スサノオは、頻繁に若姫の元を訪れては、ただ、赤ん坊の顔を眺めていた。

「スサノオ様は、私ではなく、この子に会いに来ているのですね」

若姫は笑って言ったが、スサノオは、黙っていた。

眠っている顔、笑っている顔、乳を吸っている顔、すべてが、母イザナミを思い出させる。

赤子と視線が合うようになると、スサノオは、あまりの喜びに、胸が苦しくなるほどだった。

噂が伝わるのは、速い。刺国若姫が産んだ息子に、スサノオが夢中になっていることは、すぐに知れ渡る。そして、その噂は、各地にいるスサノオの子供達と、その母親達の心を乱した。

若姫は、言った。

「スサノオ様、この子は、美しすぎます。魔物に魅入られないか、心配です。これから、シコオと呼びます」

「醜男《しこお》」とは、神が憑く男のことでもある。我が子の美しさに、世間の悪が寄り付かぬよう、神が我が子を守ってくれるよう、若姫は、「醜男」と呼んだのである。


紀元前三十九年。

高天原を取り巻く倭人の国々が、揃って新羅に朝貢した。

建国から十八年、若い新羅では、農業や養蚕が栄え、着実に国力が増していた。初代王赫居世《ヒョコセ》は、「龍から生まれた」とされる閼英《アリョン》を妻とし、善政を行っている。

それに対して、高天原では、七十歳を過ぎた天君ヨロズは弱り、五十歳近い太子は身体が弱い。隣国新羅の勢いに、高天原は圧倒されがちであった。

倭人の国々による新羅への朝貢は、高天原に対する、堂々たる裏切り行為である。

山神族の焦りは、切実だった。

重臣達は、言う。

「彼等を抑えられないのは、天神族の力が足りないからだ！」

「天君が良政を行い、民に敬われていれば、隣国へ朝貢など、するわけがない！」

「新羅にすり寄るとは、倭人の誇りはないのか！」

たしかに、倭人の若者達の中には、若い王と王妃が治める新羅に惹かれる者達も、多くいた。彼等は、言う。

「何故、倭人にこだわる。我等にとって、葦原中国の倭人より、新羅の若者達の方が、余程近い」

「『倭人』『倭人』と言う奴は、葦原中国に行けばよいのだ」

そのような話を漏れ聞く度、アマテルは、悔しさ情けなさに、唇を噛んだ。

紀元前三十七年、朱蒙《チュモン》により、朝鮮半島北部に高句麗《こうくり》が建国された。新羅も、王都を定め、さらに勢いを増している。

高天原では、正妃アマテルが、孤軍奮闘を続けていた。イザナギが葦原中国に渡り、天君ヨロズが弱ってから、無遠慮な言動を受けることも、少なくない。

天神族への崇拝の念が薄れているのは、アマテルも感じている。五人の王子の成長だけが、アマテルの心の支えだ。

病床の天君は、言った。

「アマテルよ、父上や兄上がいる葦原中国へ、行ってもよいぞ」

「天君様、何を言われます」

「お前の身を案じて、言っているのだ。私の命があるうちに、王子達を連れ、安全な所へ行っておくれ」

アマテルは、痩せた夫の手を握った。

「私は、天君様に添い遂げる覚悟です。天君様を離れて、高天原を離れて、どこへも行きません」


その頃、淡路島のイザナギもまた、病の床にあった。父に呼ばれたヤマツミは、加太岬から淡路に渡ろうと、刺国名草に立ち寄っていた。

刺国彦の屋敷で、幼いシコオを初めて見たヤマツミは、一瞬、息をのんだ。

その様子に、若姫が、尋ねる。

「どうされたのですか?」

「いや、なんでもない」

「何に、驚かれたのですか?」

重ねて尋ねられ、ヤマツミは、正直に答えた。

「この子は、私の母、亡くなったイザナミにそっくりだ」

「えっ?」

「男の子であるのに、信じられないほど、生き写しだ」

若姫は、不意に、合点がいった。スサノオが、あれほど毎日釘付けであったのは、母親の面影を見ていたから。

若姫の表情に気づき、ヤマツミは詫びた。

「亡くなった者に似ているなど、おかしなことを言って、悪かった」

「いえ、とんでもありません。お伺いして、ようございました」

スサノオが、シコオに夢中だったのは、愛しい母に瓜二つだったから。

自分が産んだ子だからではなく、自分を愛しているからでもなく、ただ、愛する母に似ていたから。

若姫は、美しい我が子の寝顔を見つめ、少し笑った。

刺国彦の屋敷を出たヤマツミは、島伝いに、淡路島へ渡り、父の屋敷を訪ねた。

傍に座ったヤマツミに、病床のイザナギは、言った。

「ヤマツミ、お前に頼みたいことが、あったのだ。私は、もう長くない。私が死んだら、この屋敷に埋葬しておくれ。この地に残り、この国を見守っていたいのだ」

「父上、スサノオを呼びますか」

息子の問いかけに、父は答えた。

「いや、よい」

ヤマツミは、言った。

「父上、スサノオのことを、悪く言う者達がいるのは、知っています。けれど、あれも、決して悪い人間ではありません。どうか、許してやってください」

イザナギは、大きく息をついた。

「最初から、許している。悪い人間だと思ったことはない」

「スサノオほど、他人の不幸を望まない人間を、私は知りません。あれは、策略や悪企みとは、無縁の男です。本当は、良い人間なのです」

「知っている」

「ソナの息子、イタケルは、荒れた山に木を植え、山崩れを防ぎ、人々から尊敬され、大屋彦様と呼ばれています」

「私も、聞いている。嬉しいことだ」

ヤマツミは、迷ったが、切り出した。

「父上、私は、刺国彦殿の屋敷に行き、若姫と幼子にも、会ってきました」

「そうか。スサノオの子の一人だな」

「父上、シコオは、驚くほど、母上にそっくりでした」

イザナギは、ヤマツミの顔を見つめた。

「信じられないほど、生き写しでした」

「そうか……」

イザナギは、ふっと笑った。

「ヤマツミ、お前、いつも楽しそうだったな」

ヤマツミは、一瞬戸惑ったが、すぐに、父が、昔のことを言っているのだと気づいた。

「毎日、楽しゅうございました」

イザナギの目は、遠い昔を見つめている。

「野イチゴを食べているところにも、でくわしたな」

「覚えております、父上」

イザナギは、おかしそうに微笑んだ。

少し、間があった。

「ヤマツミ、シオツチを頼む」

シオツチは、淡路で生まれた、イザナギの息子だ。ヤマツミは、頷いた。

イザナギは、目を閉じ、呟いた。

「ここは、本当に良い所だな」


数日後、イザナギは、息を引き取った。

スサノオは、加太の岬で、淡路島に向かい、深々と頭を下げた。十代で別れたきり、孝行もできなかったが、大切な父であった。


翌日、刺国彦の屋敷に滞在するスサノオを訪ねて、出雲から使者が来た。

「スサノオ様、クシナダ姫も、結婚できる年齢になりました。どうか、出雲にお帰りください」

　若姫は、言った。

「スサノオ様、出雲へお帰りください。クシナダ姫様は、正妃になられる方ではありませんか」

「そなたは、よいのか」

「私は最初から、出雲の姫様のことは、承知していました。スサノオ様には、愛しい息子を授けていただきました。これからは、この子を大切に育てていきます」

「そうか」

「出雲を守ることは、葦原中国を守ること。どうか、私のことは心配せず、出雲にお帰りください。そして、出雲の大王として、葦原中国をお守りください」


　出雲へ戻る前に、スサノオは、熊野の有馬村を訪ねた。

　優しい窪みを持ち、青い海に臨む岸壁。その足元に、亡き母イザナミが祀られている。多くの花が供えられ、美しく飾られた祭壇。その傍らには、カグツチの墓もある。

「化け物」と呼ばれ、父に成敗された赤子は、母に見守られながら、眠っている。

スサノオは、白い玉石を手に取り、呟いた。

「母上、一緒に、出雲へ行きましょう」


十三歳になったクシナダ姫は、全身を緊張させ、畏まっていた。出雲の正式な後継者とはいえ、外見は、まだまだ子供である。

スサノオは、天君に嫁いだ時の姉を思った。

「姫、嫌ならば、無理をするな」

「嫌ではありません」

と、姫は言った。

「私は、出雲を継ぐ使命を持つ身。私の命の恩人、誰よりも強いスサノオ様、どうか、私の夫となり、この出雲をお守りください」

スサノオは、姫の小さな手をとった。

八雲立つ　出雲八重垣
妻籠めに　八重垣作る
その八重垣を

イザナミの墓所から持ってきた玉石は、比婆山の山頂に埋めた。いつまでも、出雲を見守ってもらうために。

六　出雲

「私は、何をしたらよいのか」

スサノオの問いに、テナヅチは、答えた。

「出雲の地を、お守りください。そして、クシナダ姫に、子をお授けください」

スサノオは、出雲に屋敷を建て、クシナダ姫と暮らし始めた。彼の出雲定住が知れ渡ると、葦原中国の治安は、さらに良くなった。

伐採で荒れた山の植林には、イタケルが力を尽くす。新羅で得た知識や技術も導入され、出雲に活気が戻ってきた。

巫女王テナヅチの、若き後継者であるクシナダ姫は、小柄で真面目で几帳面。規則正しい生活を守り、母を助けて祭祀も行う。

二人の間には、二人の子供も生まれた。下の娘は、スセリ姫という。


それから十年が過ぎた頃、テナヅチが、亡くなった。

「母亡き今、社《やしろ》を守るのは、私の役目。意宇《おう》の社へ、移らせてください」

クシナダ姫の言葉に、スサノオは、尋ねた。

「俺と子供達は、どうする？」

クシナダ姫は、真面目な顔で、答える。

「社での暮らしは、決まり事だらけ。あなたやスセリ姫には、難しいと思います」

確かに、下のスセリ姫は、父親に似て、落ち着きがない。クシナダ姫の率直な意見に、スサノオは苦笑した。

「いかにも。俺達に、社暮らしは無理だ。上の子だけ連れて、行けばよい」

クシナダ姫が、意宇の社に去った後、スサノオは、がらんとした屋敷の中を、見渡した。正妃に逃げられたも同然なのに、なぜか、ほっとしている。大きく伸びをしてみると、自然に、大欠伸が出た。

出雲の西の海は、新羅に向いている。スサノオは、スセリ姫を連れて、西の地へ移った。

そして、数人の使用人達とともに、父娘二人、気儘な生活が始まった。


一方、刺国では、若姫の元で、シコオが大切に育てられていた。

シコオは、美少女と見間違われるほどの、なよやかな美しい少年になっていた。シコオを見た者は、男も女も、心を奪われる。若姫は、ますますその身を案じ、護身のための武術を習わせた。

「えいっ！　えいっ！」

と、掛け声は、勇ましいが、その声は甘く、耳に心地よく、武術の型を行っているときでさえ、その動きは、たおやかだ。

シコオには、多くの異母兄達がいる。彼等の母親は、かつて、人身御供《ひとみごくう》のようにスサノオに差し出された女性達だ。スサノオは、彼女達のことを、殆ど覚えていないし、子供達の名前も、ろくに知らない。

美少年シコオの噂は、異母兄達の元へも伝わっていた。

時が経ち、シコオの異母兄達は、ヤガミ姫を求め、そろって因幡《いなば》へ向かうことにした。

「シコオよ、何歳になった」

「十四です」

「そろそろ、妻を娶《めと》れる年頃ではないか。我等は、これから、因幡のヤガミ姫に求婚に行く。お前も、一緒に参れ」

シコオを連れて行くことにしたのは、手土産代わりのようなもの。美少年として名高い弟を見せて、ヤガミ姫を喜ばせようと思ったのだ。

　異母兄達は、自分達の荷物を全部、袋に詰めて、シコオに持たせた。

　シコオは、不満も言わず、素直にかつぐ。可愛らしい頬を真っ赤にし、少女のような両手で、しっかりと袋の口を握りしめ、兄達の後を遅れながらついて行く。

　先を行く兄達が気多《けた》の岬まで辿り着くと、身体中に傷を負った、裸同然の男が倒れていた。

「おい、どうした」

　一行の一人が問うと、男は、うっすらと目を開けた。

「その傷は、ひどいな。そうだ、良いことを教えてやろう。今すぐ海水で禊《みそぎ》をし、風が強く当たるところで、風を受けよ。そうすれば、神の力で、すぐに傷が癒えるだろう」

「ありがとうございます」

　と、男は礼を言う。

「今すぐ、実行するのだぞ」

「はい」

兄達は、面白がって、次々に声をかける。

「禊は、たっぷりするのだぞ」

「風には、しっかり当たれよ」

男は、よろよろと立ち上がり、そのまま岩場を降り、海水に身を浸した。兄達が、その姿を上から見下ろすと、男は、海水に浸かりながら、両手を合わせてお辞儀をする。

兄達の一人が、頭を押さえるしぐさをすると、男は、素直に、頭までもぐった。

兄達は、手を振り、その場を立ち去ったが、男から見えないところまで行くと、こらえきれず、げらげらと笑い転げた。

袋を背負ったシコオが同じ岬を通りかかった時、全身を真っ赤に腫らした男は、震えながら、地面に突っ伏して、もがき苦しんでいた。

シコオは、驚いて、声をかけた。

「もし、どうしたのですか」

男は、声の主を見た。大きな袋を背負った美しい少年が、心配そうに見ている。

男は、痛む身体を無理矢理おこし、少年の前にひざまづいた。

「私は、隠岐の島の巫師《うさ》です。島を出たく、海の民を騙して、船に乗りました。こちらに着いて、嬉しさのあまり、『やーい、騙された！』と言ってしまったのです。逃げるつもりが、すぐに捕まり、この有り様」

シコオが頷くと、男は、続ける。

「先ほど、立派な男性の一行が通りかかり、海水で禊をして、風に当たれば治ると、教えられました。けれど、傷は、ますます痛くなり、腫れ上がり、あまりの辛さに泣いていたところです」

シコオは、袋を背からおろし、男の傷にそっと触れた。

「そこの川の清水で、よく身体を洗いなさい」

そして、川辺に茂るガマの穂を手にとった。

シコオが優しく触れると、茶色の穂ははじけて、真っ白な綿毛が次々に溢れ出る。

「傷口についた塩が落ちたなら、このガマの穂をたくさん敷き、その上でお休みなさい。そうすれば、痛みもやわらぎ、傷もきっと癒えるでしょう」

男が、シコオの言う通りにすると、まもなく痛みは和らぎ、傷も癒え始めた。

男は、シコオに言った。

「先に行かれた方々は、ヤガミ姫を得ることはできません。袋を負わされていますが、あなた様こそ、ヤガミ姫を得るでしょう」


男の予言どおり、ヤガミ姫は、求婚する兄達に対して、こう答えた。

「私は、あなた達の言うことは、聞きません。私は、シコオ様に嫁ぎます」

兄達は、怒り出す。

「シコオは、まだ子供ではないですか！」

ヤガミ姫は、言った。

「すぐに大人になります。子供といえど、シコオ様こそ、私がお待ちしている方です」

腹を立てた兄達は、遅れて着いたシコオを連れて、すぐに引き上げた。

因幡の西、伯耆の国まで戻ったとき、兄達はシコオに、一人で谷底に降りていくよう命じた。

「弟よ、この山には、真っ赤な猪がいる。我等が追い下ろすから、お前は、下で待ち受けよ。絶対、逃がすな」

シコオは、素直に、谷底へ下りて行く。兄達は、イノシシ程の大きさの石を見つけ、赤くなるまで火で焼いた。

「おーい、行ったぞ！」

そう叫ぶと、焼けた石を、谷底に向かって転げ落とす。追いすがったシコオは、大《おお》火傷《やけど》を負い、その場に倒れた。

「思い知ったか！　弟のくせに、出すぎたことをするからだ。自慢の顔も、これで少しは、醜くなっただろうよ。醜男《しこお》！」

異母兄達は、シコオを谷底に残し、それぞれの国へと帰って行く。知らせを受けた刺国若姫は、慌てて駆けつけ、大火傷を負って倒れた息子を、刺国に連れ帰った。

天神族のカミムスヒが与えた、貝の粉で作った薬。若姫は、指示された通り、自らの乳と混ぜ、我が子の傷に、丁寧に塗り込む。

シコオは、跡も残らず、麗しい姿に戻った。


シコオが無事だと知った兄達は、また、弟を誘い出した。今度は、山で大木を切らせ、シコオの上に倒れてくるよう、仕向けた。

兄達は、下敷きになった弟を放置して、また、それぞれの国に帰ってしまった。

知らせを受けた若姫は、またも駆けつける。大木の下から救い出したシコオは、傷を負い、顔は泥で汚れ、ぐったりとしていたが、それでも、ほんのり赤らんだ白い肌は、えも言われぬなまめかしさだ。

母は、嘆いた。

「お前は、美しすぎる」

そして、我が子を抱きしめて言った。

「お前は、ここにいると、兄達に殺されてしまう。我が子よ、紀伊国の大屋彦様のところに行きなさい。あの方なら、きっとお前を守ってくれるでしょう」

大屋彦とは、スサノオの長子、イタケルのことだ。若姫は息子を、異母兄達に知られぬよう、密かに紀伊国へ送り届けた。

だがそれも、すぐに彼等の知るところとなる。異母兄達は、大挙してイタケルの屋敷へ押し寄せた。

「お前達、シコオは、弟ではないか」

イタケルの言葉に、彼等は言った。

「兄上は、父上と親しいから、そう言えるのです！　我等は、父上と話したこともない。父上を見たことがない者さえ、いるのです。何故、父上は、我等の母親をないがしろにし、シコオだけを可愛がるのか。我等は、父上の情けを一身に受けた弟が、我慢なりません！」

兄達が矢を構える中、イタケルは、裏口からシコオを逃がし、告げた。

「シコオ、あれらの思いは深すぎる。私の力だけでは、お前を守りきれない。あの者達を抑えられるのは、我等の父スサノオ殿だけだ。シコオよ、出雲へ行け。父上が、きっと、なんとかしてくださるだろう」

「わかりました」

シコオは、そう答えると、美しい顔を被り物で隠し、馬に飛び乗り、出雲へと向かった。


その頃、出雲のスサノオの屋敷には、兄ヤマツミが訪れていた。

髪も髭も伸び放題、よれよれの衣服を縄で縛った姿で、スサノオは、現れた。そして、裸足のまま、嬉しそうに笑った。

「兄上！　お久しぶりです！」

クシナダ姫と離れて暮らし始めて、二年が過ぎようとしていた。

「出雲も葦原中国も、安定している。皆、暮らしが良くなったと喜んでいるぞ」

スサノオは、ぼりぼりと頭を掻いた。

「イタケルやアシナヅチ達の力です。私は、何もしていません」

スサノオの手の爪は、不揃いに伸びている。

ヤマツミは、尋ねた。

「スサノオ、お前、これから、どうする気だ」

「特に望みはありません」

スサノオは、言った。

「ずっと、成り行きで生きてきました。これからも、こうして、生きていくのでしょう」

「本当に、欲のない奴だな」

ヤマツミは、笑った。

「私の娘、大市姫を、覚えているか。お前が私のところにいた頃、赤子だった」

スサノオは、思い出した。髪も爪もないスサノオに笑いかけていた、あの姫だ。

「覚えています」

「あの娘が、伴侶を亡くし、帰ってきている。お前、大市姫と結婚しないか？　考えてみよ」

シコオが、スサノオの屋敷に辿り着いたのは、ヤマツミが帰った数日後だった。扉を開けたのは、スセリ姫だ。

その瞬間、スセリ姫は、息が止まるかと思った。シコオも、スセリ姫と出会った瞬間、初めて、男としての感情が沸き上がった。二人は、恋に落ちたのだ。

二人は、見つめ合ったまま、そっと手を取り合い、おずおずと唇を重ねると、そのまま、激しく抱き合って、夫婦になってしまった。

スセリ姫は、衣を乱し、頬を紅潮させ、屋敷の中へ駆け入った。

「お父様、お父様、信じられないほど麗しい方が、いらっしゃいました！」

スサノオは、訪問者の顔を見た途端、彼が誰であるかを悟った。母イザナミの面影は、今も失われていない。いや、むしろ、背丈が近くなった分、前以上、瓜二つと言ってよい。

あまりの愛おしさに身震いしたが、平静を装い、スサノオは言った。

「この男は、我が息子、葦原醜男に違いない」

スセリ姫は、息をのんだ。

「ああ、この方が！」

有名な美少年とあらためて知り、姫は、シコオから、片時も目を離そうとしない。

シコオも、ちらちらとスセリ姫に目をやっている。そして、二人は、目が合うと、嬉しそうに微笑みあう。

二人とも、父親のことなど、眼中にない。

「気に入らん！　シコオは、俺を頼って、来たのではないのか！」

スサノオは、心の中でそう叫ぶ。

だが、言葉では、こう言った。

「シコオよ、長旅ご苦労だった。部屋を用意する。ゆっくり休め」

そして、物置から大きな籠を抱えてくると、草むらへと走った。

「少しは、困れ！　俺を、頼れ！」

妖し気な音程で口笛を吹くと、その音色に誘われた蛇達が、次から次へと、這い寄ってくる。スサノオは、その蛇たちを、手づかみで捕らえ、籠に集めて回る。

大きな籠を抱え、こそこそと裏口から戻ってきた父親の姿を、スセリ姫は見ていた。

案内された部屋にシコオが入ると、あちこちで、しゅるしゅると音がした。よく見ると、部屋中に、蛇が放されている。

こんな部屋で眠れるだろうか、とシコオが考えていると、そっと扉が叩かれた。扉を開いたのは、スセリ姫だ。手には、薄い布を持っている。

「シコオ様、この布をお使いください。蛇が襲ってきたときには、この『蛇の領巾《ひれ》』を三度振れば、鎮めることができます」

その夜、シコオの寝床の周りには、蛇がうじゃうじゃと現れた。だが、スセリ姫に借りた領巾を三度振ると、蛇たちは、部屋の隅に固まり、大人しくなった。そして、シコオは、ぐっすりと眠ることができた。

翌朝、さわやかな顔で起きて来たシコオを見て、スサノオは、スセリ姫の顔をちらりと見た。スセリ姫の頬は、ぽっと赤く染まったが、何も言わない。

二日目、スサノオは、ムカデと蜂を放した部屋に、シコオを寝かせた。

この夜も、スセリ姫が現れ、ムカデと蜂に効く領巾を渡し、前夜と同様、三度振るよう教える。シコオは、この夜も、無事に過ごすことができた。


三日目の朝、スサノオは、シコオを野原に連れ出した。

「シコオよ、私は、これから、鳴鏑《なりかぶら》の矢を射る。お前が、この矢を見つけられたなら、スセリ姫を、そなたに授けよう」

スサノオが、矢を放つと、鳴鏑の矢は、ぶーんと低い音を立てながら、はるか彼方へ飛んで行く。シコオは、矢を追い、丈のある草むらの中へ、入って行った。

その姿が、完全に見えなくなったのを見計らい、スサノオは、火打ち石を取り出す。

それを見たスセリ姫は、驚き、叫んだ。

「お父様、お父様、シコオ様が死んでしまいます！　どうか、お許しください！」

構わず点けた火は、ぱちぱちと音を立て、草の匂いの煙を吐きながら、めらめらと燃え広がる。

スセリ姫は、父親の腕にすがった。

「お父様、あの方が死んでしまっては、私も生きてはいけません！」

スサノオも慌てたが、火は広がり続け、野原中を覆いつくしていく。もはや、手に負えない。このまま、燃え尽きるのを待つしかない。

「しまった、やりすぎた」

と悔やんだが、後の祭りである。


さて、野原の真ん中まで辿り着いたシコオは、白い煙にまかれ、方向を見失っていた。息が苦しく、火の熱が迫っているのを感じるが、どちらへ逃げたらよいかわからない。

そのとき、小さな声が聞こえた。

「内は、ほらほら。外は、ぶすぶす」

声をたよりに目をこらすと、足元に、小さなネズミがいて、シコオを見上げている。

「内は、ほらほら。外は、ぶすぶす」

「この下に、洞穴があると、いうことか?」

ネズミは、こくこくと頷いた。

シコオが、どんどんと足を踏み鳴らすと、すとんと背丈以上の深さの穴に落ちた。

穴の中を見渡すと、古い土器が転がっている。壁には、丸太を削った細い階段もある。

「貯蔵穴か?」

先程のネズミが、また頷いた。中の空気は、ひんやりきれいで、穴の底には一本の矢が落ちている。ネズミの子供達が遊んでいるそれは、スサノオが放った鳴鏑の矢だ。

子ネズミ相手に遊んでいる間に、火は、頭の上を通り過ぎていった。

シコオは、ネズミ達に礼を言い、鏑矢を持ち、丸太の階段を上った。

白い煙が所々立ち上る、黒焦げの焼け野原。そこには、身をかがめ、泣きながらシコオを探す、スセリ姫の姿があった。姫は、地面から顔を出したシコオを見つけると、急いで駆け寄り、手を差し伸べた。

大広間の真ん中で、スサノオは、大の字になっている。くよくよ悔やんでも、仕方がない。シコオの運に懸けるしかない。

「父上、ただいま戻りました！」

息子の明るい声に、スサノオは、跳び起きた。安堵と喜びで、胸が一杯になる。

「よく帰った！」

満面の笑顔で迎える父を、スセリ姫は、シコオの背後から、警戒の表情で見ている。

スサノオは、シコオを大広間に呼んだ。

「シコオよ、私は、これから昼寝をする。お前は、私の頭についた虱《しらみ》を、取っておくれ」

横になったスサノオの頭には、たくさんのムカデが這い回っている。スセリ姫は、椋《むく》の木の実と赤土を、シコオに渡した。

「これを、口に含んでは吐き出してください。父は、ムカデを食いちぎって退治していると思うでしょう」

そこで、シコオが、指示通りにしていると、うっすらと目を覚ましたスサノオは、息子が熱心にムカデを退治していると思い、愛おしく思いつつ、心地よい眠りに落ちた。

父が寝込んだのを見届け、スセリ姫は、シコオの元へ駆け寄った。

「ここにいては、殺されてしまいます。シコオ様、私を連れて、逃げて！」

二人は、スサノオの髪を房に分け、垂木《たるき》の一本一本に、縄で繋ぐ。

「シコオ様、これを！」

シコオは、スセリ姫が手渡した、スサノオの太刀と弓矢を持ち、天の声を伝える竪琴を抱えた。そして、愛するスセリ姫を背負い、屋敷から逃げ出す。

その時、天の竪琴が、庭木に触れた。ごろんごろんと、地響きが、鳴り渡る。

驚いたスサノオが、飛び起きる。が、後ろに引っ張られて、尻餅をついた。振り向くと、小分けされた髪の束が、屋根の垂木に繋がれている。

怒ったスサノオが、髪の束を掴み、力任せに引っ張ると、垂木は折れ、屋根は崩れ落ちた。

スセリ姫が、叫ぶ。

「シコオ様、早く！」

二人は、一頭の馬に乗って、駆け出す。

「どこへ？」

「どこへでも！　いえ、母の所へ！」

スサノオの全身から、怒りの湯気が立ち上る。垂木をへし折り、壁を蹴破り、屋敷から飛び出すと、スサノオも馬に飛び乗り、二人の後を追った。


前を行く馬は、二人を乗せている。二頭の距離は、どんどん縮まっていく。

「待てーっ！」

スサノオが叫ぶと、恐ろしいほどの風が巻き起こり、砂嵐となって、若い二人を襲った。

「シコオ、止まれーっ！」

愛しい男の背にしがみつき、スセリ姫が、叫ぶ。

「シコオ様、急いで！　止めないで！」

シコオは、ただひたすら、馬を駆る。

「シコオ、止まれ！　止まらんか！」

姫が叫ぶ。

「止めないで！　絶対、止めないで！」

馬の蹄《ひづめ》の音が、重なり合う。

二人に追いつき、横に並んだスサノオが、シコオが握る馬の手綱に、手を伸ばした。

スセリ姫が、シコオの肩につかまり、右膝を鞍に乗せる。そのまま左足を延ばして、父の右手を蹴ろうとする。

さすがに、スサノオも驚いた。

「姫、何をする！　やめろ！」

スセリ姫の身体は、半分、宙に浮いている。

「蹴るな！　危ない、落ちるぞ！」

「シコオ様を、傷つけないで！　シコオ様に、何もしないで！」

スサノオは、怒鳴った。

「落ちたら、死ぬぞ！」

「死んでもいい！　死んでもいい！　一緒になれないのなら、死んでもいい！」

「馬鹿なことを言うな！」

スセリ姫は、顔を真っ赤にして、泣き喚いた。

「この方が死んだら、生きていけない！　一緒になれないのなら、私も死ぬ！　お父様を殺して、私も死ぬ！」


愛しい男の背にすがり、裾を乱して、父の手を蹴ろうとする娘。その両の目からは、涙がぼろぼろと零れ落ち、鼻水まで、垂れている。

男は、背中で獣のように叫び続ける娘にも動じない。好きな女が望む通り、ひたすら馬を駆っている。その横顔は、母イザナミに、そっくりだ。

スサノオは、不意に、笑い出したくなった。

この泣き喚く声は、聞いたことがある。
昔よく聞いた、懐かしい響きだ。
怒りで煮えたぎっていた胸の奥に、何か優しく温かいものが、湧き上がってくる。
俺に似た、バカ娘。
滅茶苦茶な俺の、滅茶苦茶な娘。
スサノオは、手を伸ばし、二人の馬の手綱を、ぐいと引き寄せた。
二頭の馬が胴体を接するほど、近づく。
スセリ姫が、悲鳴をあげる。
スサノオは、身を乗り出し、自分の顔を、娘の顔に近づけた。
「姫よ、お前、それほどシコオが好きか」

目の前に迫る父の問いかけに、娘は、真っ赤な顔で泣きながら、激しく頷いた。

「この人なしでは、生きていけない」

そう言いながら、シコオの背中にしがみつき、おいおい声を上げて泣いた。

スサノオは、笑った。

「スセリ姫よ、お前がそれほどまでに慕うならば、二人の結婚を認めよう。二人で力を合わせ、出雲を治めるがよい」

手綱から手を離すと、スサノオは、シコオに言った。

「シコオよ。その太刀と弓矢には、神の力が宿っている。お前に歯向かう兄達を退け、お前が、葦原中国の大王になれ。スセリ姫を正妃とし、宇賀の地に、太い宮柱を立て、屋根高く氷木《ひぎ》を掲げた宮殿を建て、大国主《おおくにぬし》と名乗り、この国を治めよ」

シコオは、馬を駆るのをやめて、父の顔を見た。背中のスセリ姫も、口を開いたまま、父親を見つめる。二人が乗った馬も、歩みを止めた。

スサノオは、自分が乗った馬の向きを変えながら、大声で叫んだ。

「坊よ！　この国は、お前にやる！　坊よ！　しっかり治めよ！」

振り返ると、馬に乗ったまま茫然と父を見送る、若い二人の姿が見える。

スサノオは、笑いながら片手を高く挙げ、馬の横腹を軽く蹴った。

涼やかな風が吹いている。馬上から、出雲の国と、その向こうに広がる青海原が、見える。

あの海の向こうには、新羅があり、この山々を南に越えれば、淡路島が見える。

スサノオは、大声で笑った。次から次へと、笑いが込み上げてくる。

俺達は、馬鹿だ！

それが、どうした！

国とか、立場とか、使命とか、
難しいことは、よくわからん。

食べて、眠れて、愛する人が傍《そば》にいる。

他に、何が要る！


ただ、それだけのことだった。

馬の背で揺られながら、スサノオの心は、晴れやかだった。胸につかえるものが、何もない。これほど楽な気持ちになれたのは、いつ以来だろう。

西の空に、美しい夕陽が沈もうとしている。

何ものにも縛られない、熱い強い力。自分を信じ、人々を愛する神の力。身体の奥底で眠っていた、その力が、静かにスサノオを満たそうとしていた。

エピローグ

スサノオは、ヤマツミの娘大市姫《おおいち》を妻にした。二人の間には、二人の子供が生まれる。兄は、大歳神《おおとしのかみ》。妹は、宇迦之御魂神《うかのみたまのかみ》（稲荷神《いなり》）。

いずれも、人々を飢えから守る、生業《なりわい》の神である。

スサノオ自身も、『延喜式』に記載された「出雲国造神賀詞《いずものくにのみやつこのかむよごと》」の中で、こう呼ばれる。

伊射那岐日真名子加武呂岐《いざなぎのひまなこかぶろき》　熊野大神櫛御気野命《くまののおおかみくしみけぬのみこと》

イザナギが愛した息子神「熊野大神《くまののおおかみ》」

類稀《たぐいまれ》なる力で人々の暮らしを守る、神の命

著者プロフィール

阿上 万寿子（あがみ ますこ）

1959年生まれ
福岡県出身
九州大学法学部　卒業
奈良大学通信教育部　文学部文化財歴史学科　卒業
山口県在住
既刊書『イザナギ・イザナミ　倭の国から日本へ 1』（2017年　文芸社）

スサノオ　倭の国から日本へ　2

2018年4月15日　初版第1刷発行

著　者　阿上 万寿子
発行者　瓜谷 綱延
発行所　株式会社文芸社
〒160-0022　東京都新宿区新宿1－10－1
電話　03-5369-3060（代表）
03-5369-2299（販売）

印刷所　広研印刷株式会社

ISBN978-4-286-19098-3